# きみの目をみつめて

崎谷はるひ

幻冬舎ルチル文庫

CONTENTS ✦目次✦



きみの目をみつめて……5
あとがき……253

✦カバーデザイン＝齊藤陽子（CoCo.Design）
✦ブックデザイン＝まるか工房

イラスト・緒田涼歌✦

# きみの目をみつめて

近年、ちょっとしたブームになっている鎌倉は、東京近郊の観光地としてむかしから有名なスポットだ。

人気のゆえんは、東京から電車に乗って約二時間という近さと便利のよさにもあるだろう。おしゃれ文化の地として人気の湘南の海も近く、サーフィンや海水浴も楽しめる。鎌倉駅周辺の中心部には、観光客や若者向けのインポートショップにカフェも充実。

鎌倉駅から歩いて数分の鶴岡八幡宮をはじめとして、神社仏閣は有名無名あわせて数えきれないくらい存在する。スタンプラリーよろしく御朱印帳片手にパワースポット巡りをする観光客らは引きも切らない。

かつては幕府が開かれた土地がら、歴史的な名所旧跡が随所に点在、歴史好きにはたまらない。また高級住宅街として著名な文化人やセレブが住まう街でもあったため、ゆかりのある文豪の記念館、旧華族の邸宅など、文化的な史跡も多数だ。

山と海に囲まれていて、そこかしこでのんびりとした田舎町の風情も楽しめるし、ウォーキングに適したゆるめの坂道は健康維持にもってこい。

そんなこんなで、全体にこぢんまりとしているけれど、アトラクションは盛りだくさん、それが観光的な見地からみた鎌倉という街だ。

しかして、住民にとってはどうかといえば、微妙に不便な点がなくもない。

夜遊び好きには残念ながら、夜の鎌倉は店じまいが早い。二十時をすぎて開いている店はほとんどなく——けれど、そのぶん酔漢はすくなく、街も平和だ。

谷戸《やと》、と呼ばれる街の山側にいたっては、スーパーやコンビニエンスストア自体がほとんどない。日用品を買いにいくには車で駅前か、ハイランドの住宅街にあるスーパーなどに向かわなければならなくなる。

だがその代わりのように、昭和の時代か、へたをするともっとむかしから商売を営んでいるちいさな小売りの店が点在している。しかも、もはや死滅したような『ご用聞き』のシステムがいまだに機能していて、常連相手であれば電話一本で新鮮な魚や米、肉や野菜を届けてくれたりもする。

海の青、山の緑。すこしずつ時代にあわせて変化はしていても、全体に『いつかどこかで見たような』ノスタルジックな街並み。

その環境や時間の流れは、およそ東京に近接する街とは思えないほどに、のどかだ。

都会に、人間関係に、あるいは人生に疲れた誰かが、静かに、ひっそりと暮らしたいと考えたとき、この街は案外とやさしく受けとめてくれる。

多少の不便に慣れてしまえば、すこしでもここを離れることが億劫《おっくう》に感じられるほどだと、住人の多くが口にする。

だがそんな谷戸の一角で繰り広げられているやりとりは、郷土愛や思い入れとは微妙に関係のない話である。

「──先生、準備できました？」

「う……ん、だいじょうぶ、です」

やさしく案じる声と、緊張を漂《ただよ》わせつつ応《こた》える声。響きの違うそれらがふたつ、谷戸の奥にある日本家屋から聞こえてきた。といっても、道路沿いからずいぶんと奥まった位置にあるこの家で交わされる会話を耳にするものは、せいぜいそこらを飛びまわる鳥くらいしかいない。

「ねえ、やっぱりいかないと、だめなんだよね」

「だめですねえ」

「……おなかいたい気がする」

「嘘《うそ》はもっとだめですよ。ほら、早く」

がらりと、木枠に磨《す》りガラスのはまったレトロな引き戸を閉める音。庭石を踏んで、屋根付きの門まで数歩。ほっそりとした指が、雨風にさらされて灰色になった門扉にふれた。

「先生、タクシーきましたってば」

「うん、わかってる。いまいきます」

一月の下旬。午後の陽差《ひざ》しのおかげで空気はやわらかいけれど、しゃべるたびに口もとには白い息がふわりふわりと漂う。すぐに消えていく呼気をじっと眺め、ぐずっていた声の主は自分に気合いをいれるように「うん」とうなずいた。

「――いってきます」

か細い声で足を踏みだしたのは臆病でひきこもりの小説家だ。

慣れない外出にこわばる顔をあげると、そこには金色の髪をした彼の守護天使が、にっこりと微笑《ほほえ》んで待っていた。

＊　＊　＊

首筋に軽く汗をかいている。

ごくかすかな不快感と掻痒感《そうようかん》だが、どうにも気になってたまらず、兵藤香澄《ひょうどうかずみ》はネクタイを軽く引っぱった。

ここは都内にある、有名ホテルのパーティー会場だ。

外は凍えるほどの寒さだというのに、室内の温度はかなりあたたかい。はなやかに装う、肩がでるようなドレスの女性らに配慮してのことなのだろう。

しかし、香澄が汗ばんでいるのは、なにも完璧に整えられた空調のおかげではない。慣れないスーツに身を包み、慣れない場所にいるせいだ。

（裏方なら、何回も経験してるんだけどな）

遡《さかのぼ》れば大正時代から続く『川本《かわもと》家政婦サービス』というセレブ向けの家政婦派遣団体に所属していた香澄は、勤め先に請われてパーティーに顔をだすこともよくあった。といっても老婦人のつきそいであるとか、デリバリーの手配、ホームパーティーの支度など、完全にスタッフとしての参加だった。

しかし今夜は完全に招待される側。とはいえ、あくまで香澄はおまけであり、文壇の知りあいなど誰もいない。

手にしたワイングラスをちびちびと口に運びつつ、香澄はぐるりと周囲を見まわした。

会場の中央、壁面に掲《かか》げられている看板には『白鳳《はくほう》書房　新春パーティー』の文字がある。

ひしめきあう顔ぶれは、老若男女それぞれであるけれど、いずれも著名な作家ばかりだ。

司会者のいる壇上に近いところで笑っているのは、今年のミリオン作家としてテレビをはじめとするメディアに引っぱりだこだった恋愛小説の名手と言われる男性だ。その隣にいるのは過激なセックス描写と残虐的な殺人シーンとで話題になった女性作家。

さらにはゲストとして、テレビや映画でおなじみの人気俳優の姿もちらほら。取材のカメラがあちこちでフラッシュを焚《た》いていた。

そして、そうそうたる顔ぶれのうちのひとりが、英《はなぶさ》奎吾《けいご》――このパーティーで映画制作が発表された、ホラーサスペンス小説『見捨てられた街』の主演俳優だ。

原作者は、神堂風威《しんどうふうい》。本名、鈴木裕《すずきゆたか》。まだ二十九歳の若さながら、すでにキャリアは十二年。白鳳書房きっての売れっ子ホラー小説家であり、香澄の現在の雇用主でもある。

二年まえまでかなりのひきこもり体質だった神堂だが、アウトドア派の香澄の影響もあって、いまではだいぶ外出できるようになっていた。

人見知りの赤面症は相変わらずだけれども、仕事と割りきればなんとか我慢できるようになったようだ。いまは、担当編集の女性といっしょに、社長だか部長だかのエライヒトに捕まっているが、どうにか卒倒することもなく、いささか引きつり気味とはいえ、笑顔を浮かべてもいる。

(ぐずったわりに、平気そうだな)

出がけには小学生の仮病《けびょう》まがいのダダをこねたが、案外しっかりと『仕事』をこなしているらしい。ほっとするような、反面拍子抜けしたような、微妙な気分で香澄はこっそりため息を押し殺す。

現在の香澄の肩書きは、小説家・神堂風威専属のマネージャー兼ハウスキーパーだ。生活能力のない神堂のスケジュールと健康の管理を一手に担《にな》っているが、いわゆる芸能マネージャーのように付き人を兼ねているわけではなく、こうした表舞台にでてくることはめったにない。

小説家と知りあって二年、香澄がはじめてパーティーに引っぱりだされたのは、今回の催しが映画の制作発表がおこなわれるものだからだ。

——ぼくひとりで、がんばってみるけど。香澄がいてくれたほうがいい。

同じ会場にいてくれれば、それだけで心強いと言われたものの、身の置き所がないのも事実だった。映画関係者やマスコミへの対応は、版権を預かっている出版社の編集が担当するし、神堂のプライベートはともかく、業界方面にはまるで素人《しろうと》の香澄はでる幕がない。

(どうせなら、ケータリングでもやってるほうが気が楽だ)

ただ酒を飲んで、ひとりぼうっとするだけの時間を持てあます。暇にしていることが苦手な香澄が、どうにも落ちつかない気分をこらえていると、背後から肩をたたかれた。

「や、兵藤くん」

「仲井《なかい》さん！」

振り返ったさきの見知った姿に、香澄はほっと息をついた。

白鳳書房の文芸班である第五編集部の仲井貴宏《たかひろ》とは、香澄も親しくさせてもらっている。神堂の幼《おさな》なじみであり、そもそも彼をデビューさせたのがこの仲井だった。だが手ずから育てた作家が人気になると同時に、功績を買われて出世した彼は、いまでは編集長として、管理職の立場にある。

二年まえから、その出世街道が見えていた彼が、自分の代わりに神堂の面倒をみてくれるハウスキーパーとして香澄を雇ったのだ。

「挨拶が遅れて悪かったね。じつは、しばらくきみだって気づかなくってさ」

うさんくさいほどのハンサムな顔で、仲井は笑った。香澄はばつが悪そうに肩をすくめた。

「馬子《まご》にも衣装って言いたいんでしょ？」

「いやいや。きみ体格いいから、スーツ、すごく決まってるよ」

仲井はそう褒《ほ》めてくれるけれど、香澄は苦笑いしかできなかった。自分でも、あまりに違いすぎる格好だと思っていたからだ。

「でも兵藤くんの体格にあうスーツ、見つかってよかったよ」

「あー、インポートの店でイタリアもの探したら、なんとか」

今夜はスーツにあわせてセットしている、長めの髪は金色で、ふだんは野放図《のほうず》に跳ねている。身につけているものも、大抵はデニムかカーゴパンツ、トップはもっぱらTシャツ、よくて綿シャツだ。

「きみくらい押しだし強いほうが、マネージャーとしてはいいんじゃない？」

「こういう場では、役にも立たないマネージャーですけど」

香澄は苦笑したけれど、とんでもない、と仲井はかぶりを振った。

「裕、さっきから、ちらちらきみのこと見てるの気づいてなかった？」

「え？」

言われて、ひとに囲まれた神堂を見ると、ちょうどこちらを見た彼と目があった。香澄が反射的に微笑みかけたとたん、緊張してこわばっていた顔がほっとしたようにほころぶ。

（う、かわいい）

香澄よりふたつ年上、もうすぐ三十になるとは思えないほど、神堂の見た目は若々しい。

一七〇センチに満たない細い身体《からだ》は、おでかけ用の大島紬《おおしまつむぎ》に包まれている。中性的で繊細な美貌を引きたてる、背中にかかるほどの長い髪は、着物を買った店で勧められた組紐《くみひも》でくくってあり、時代を超越した雰囲気の美青年に仕上がっていた。

いまは緊張で表情が硬いため、ミステリアスな美形といった感じだが、本来の彼はとても無邪気で、精神的に幼い部分がある。

そして香澄が神堂をかわいく思うのは、なにも見た目だけの問題ではない。

雇い主であると同時に、大事な大事な、恋人でもあるからだ。

「かーわいいなあ。お母さん見つけて、ほっとしたって感じ」

揶揄《やゆ》するような声に、香澄はうろんな目を向けた。

「……仲井さん、その表現はどうなんすか」

「いや、だって裕があんまりきみのほうばっか見るから、俺、きみが兵藤くんだって気づいたんだもん」

出会ったころから摑《つか》み所のない飄々《ひょうひょう》とした男は、そう言ってけらけらと笑った。

「まあ、あの場についちゃ問題ないよ。神堂センセの人見知りは社内じゃ知れ渡ってるし、野々村《ののむら》にも言い含めてあるから。口もと見てみれば、ほとんど彼女しかしゃべってないのわかるだろ」

野々村亜紀《あき》というのが、去年から神堂についている担当編集だ。新しく文芸編集になったという彼女は熱心ではあるけれど、まだ神堂になじみきっているとは言えない。

そもそも香澄と知りあう以前、神堂は、他人と口をきくまでに、初対面から最低でも二カ月かかるという病的な臆病さを持っていたくらいだ。改善されたとはいえ、そこまで社会復帰できているとは言えない。

それに気になるのは、もうひとつ。

「……あの、野々村さんって張り切りすぎてません？」

「ん？　ああ、まあね。あいつが手がける初の映画化作品だし」

そういうことではなく、神堂を置き去りにして彼女が力みすぎていないか、と言いたかった。けれどどこんな誰が聞いているかもわからない場でそこまで突っこめずにいると、仲井はしらっと言ってのけた。

「それに裕も気合いはいってるし、今回は自分からパーティーにでるって言ったんだし。だいじょうぶなのかって訊《き》いたら、がんばるって言い張ったのもあいつよ？」

「それは、そうですけど……」

作家も人気商売である以上、プロモーションの一環として、映画の原作者がメディアに引っぱりだされるのはよくある話だ。かつてはあまりの対人恐怖症ぶりに、不可能とされていたけれど、ここ二年の神堂はだいぶアクティブになってきていた。

急激な状況の変化に神堂がはたしてついていけるのか、と香澄は心配だったが、本人は「香澄を雇うんだから、ちゃんと稼《かせ》がなきゃ」という気持ちで張り切っていて、あまり小言を聞きいれない。

じっさい、自立しようとがんばる神堂に水をさしたくないのも本音だった。二年まえ、近所に散歩にでることすら拒《こば》んだ彼からすると、本当にがんばっていると思う。

しかし限界を超えては元も子もないだろう。

(先生……)

香澄は眉《まゆ》をひそめた。遠目に見ても、どうにも神堂の顔色がおかしい気がする。

野々村はあれこれと話しかけてくる上役の相手が精一杯のようで、神堂の様子には気づいていないらしいが、色白の頬《ほお》はずっと赤らんでいるし、よく見ると手を握ったり開いたりの動作が激しい。

(まずいな)

油断したかもしれない。だいぶ慣れたとはいえ、二年まえまでほぼ自宅からでない生活を送っていた神堂だ。

「仲井さん、もうあれ、止めていいですか？」

「うん、ていうかね、止めろって言いにきた。裕、もう限界なんだよね、たぶん」

つらっと言ってのけられ、香澄は険悪に顔をしかめる。

（だいたい、前回の顚末《てんまつ》はあんたが俺に教えたんだろ！）

三年ほどまえ、神堂の著作である『蝦女《えびおんな》の囁《ささや》き』が映画化されたときのこと。パーティーに招かれた神堂は、会場にはいる直前で過呼吸を起こして倒れたという。

「限界ってわかってるなら、なんで止めないんですかっ」

「それ、俺がやることなのかな？」

にや、と笑った仲井に対して、罵《ののし》りの言葉が喉《のど》まででかかった。けれども、いまいちなにを考えているのかわからない男相手に怒るより、雇い主の救出のほうがさきだろう。

剣呑《けんのん》な顔をした香澄は仲井にワイングラスを押しつけると、長い脚でずかずかと神堂のもとへ向かった。

（ったく、あのオッサンだけは……っ）

仲井は有能だし自分と神堂の関係についての理解者でもあるが、ときどき本当に理解に苦しむ。こと、幼なじみの秘蔵っ子相手に、どうしてあそこまで冷徹に振る舞うのかとなじりたくなるのだ。

「お話中、失礼いたします」

一九〇センチ近い長身の香澄がずいと割りこむと、会話していた顔ぶれが一瞬ぎょっとしたように口を閉ざした。唯一ほっとした顔になったのは、神堂だ。

「あ、かず……兵藤くん」

「どちらさまで？」

怪訝《けげん》そうに問いかけてくる壮年の男性に、野々村はあわてたように口添えした。

「兵藤さんは、先生のマネージャーでいらっしゃいます」

「ああ、神堂先生の……どうもどうも」

「申し遅れました。わたくし、神堂のマネージャーの兵藤と申します」

こうしたときのために、一応名刺だけは作ってあった。頭をさげつつ、立場がうえらしい人物から順に配っていった。相手からも名刺を渡され、肩書きを見れば、映画会社の専務とプロデューサーらしい。

「今後ともどうぞよろしくお願いいたします」

「ああ、そりゃどうも、こちらこそ」

香澄の醸《かも》しだした空気を読んだのか、男性ふたりは鷹揚《おうよう》にうなずき、挨拶をしてその場を去っていった。

香澄は、さりげなく神堂を背中にかばい、なにやら残念そうな顔をしている野々村を見る。

「申し訳ないんですが、神堂はこれで失礼させてもらってよろしいでしょうか？」

「え、でも……」

渋るような顔をした彼女に、香澄は冷たく低い声で咎《とが》めた。

「野々村さん、お仕事熱心はいいんですけど、神堂の顔色くらい気づいてください」

きつく言ったのは、神堂の細い指が香澄のスーツの裾《すそ》をぎゅっと握っていたからだ。香澄の背中に隠れるようにして、息をついている。

「あ、あの、先生、具合が？」

「……神堂の体質については、仲井さんからとっくに説明されていると思っていましたが」

いまさら驚いている担当を軽く睨《にら》んで、香澄は神堂の薄い肩を抱く。

「まだ言わないとわかりませんか？　ご機嫌取りにうちの先生使わないでくださいよ。なんのための担当者なんですか」

「な……」

「契約書にもありますよね、『無理なプロモーション活動はおこなわせない』って」

通常の出版契約では、著作物についての扱い以外の点は盛りこまれない。だが神堂の性格や体質を鑑《かんが》みた仲井が、デビューしてすぐからその文言を追記したそうだ。

怯《ひる》みつつも、野々村は反論してきた。

「で、でも先生は、いやとはおっしゃってなくて、きょうもご自分から——」

「疲れたとかいやだと、自分から言えるひとかどうか、まだわかりませんか」

人並みはずれた長身で、どちらかといえばきつめの顔だちをした自分が鋭い目つきをすると、相手がどういう反応をするのかわかっていた。案の定、野々村は二、三歩あとじさる。

「神堂ががんばりたいと言ったのは事実だとしても、限度があるでしょう。自分を売りこむばかりでなく、もうすこし気を配ってください」

きっぱり言いきると、野々村は青ざめる。反論できずにいる彼女を残し、神堂の薄い背中に手を添えると、香澄はその場を去った。

「ごめんね、香澄」

細い身体の主は、消え入りそうな声でそうつぶやいた。

「いいから。苦しくない？」

「ん、疲れただけ。……でも、ありがとう」

顔の赤みはまだ引いておらず、無理に笑ったような表情と相まって、ひどく苦しそうに見えた。「もう帰る？」と問いかければ、限界だったのだろう、香澄のスーツにしがみついてこくりとうなずく。

(目、離すんじゃなかった)

いくら本人ががんばると言い張ったからとはいえ、こうも疲れるくらいならそばについていればよかったのだ。

後悔を嚙《か》みしめつつ、香澄がいったんホールの外へでようと足を向けたところで、仲井にでくわした。

「お疲れ。見事にさらってきたじゃない」

わざとらしい笑顔で拍手をする仲井を睨むと「怖いなあ」と彼は言う。

「怖いじゃないでしょ。野々村さんにちゃんと言い含めておいてくれたんですか？」

「たしかに野々村も視野が狭いとこあるからねー。気が利かなくて悪かった。でも兵藤くん？　これ、きみの責任でもあるでしょ」

「なっ……」

「マネージャーなんだから、こういう場面も含めてフォローしなくちゃ。他人事《ひとごと》みたいな顔してるのは変だろ。俺は、裕をよろしくって、きみに言ったんだからさ」

最初から護《まも》らなかったおまえが悪いと責められ、香澄はぐうの音もでなかった。アウェイな状況に怯んで、ひとりで平気と言い張る神堂から離れたのは、たしかに自分が悪かったからだ。

（くそ。あまかったよ）

反論もできずに口をつぐんでいると、腕のなかから弱々しい声がした。

「たかちゃん、やめて」

「……ん？」

「ぼくが、ひとりでしゃべるって言ったんだから。香澄はそれ、見ててくれるって約束しただけ。だから香澄にいじわる言わないで」

涙目のくせに、口を尖《とが》らせた神堂はそう言って仲井を反抗的に見る。

「だいたい、たかちゃんのせいじゃないか。えらいひとのご機嫌とれって言ったの、たかちゃんのくせに」

しっかり反論してくる神堂に対し、驚いたような顔をした仲井は「ごめんごめん」と苦笑した。

「でも、俺はきょうはそんなこと言ってないだろ？」

「むかし、『蝦女』のときに言ったもん」

三年まえのことだろう、という理屈は神堂には通じない。どこか浮き世離れしたこの作家は、自分の時間で生きている。そして信頼した人間の——それは本当にごくわずかな相手しかいないのだが——言葉を、真っ向から信じるのだ。

その性格を、幼なじみであり保護者でもあった男が知らないわけがない。香澄はじろりと仲井を睨んだ。

「あんたそんなこと言ったんすか」

「言ったっけ……言ったかな」

そらとぼけた仲井に苦虫を嚙みつぶしたような顔で「いいかげんな」と香澄は吐き捨てた。

「さっきは俺の責任とか言ってましたけど、そっちこそ先生と幼なじみって理由でずいぶんなことしてません？　ほかの作家さん相手でも、こんだけ疲れさせて平気な顔するんですか」

「あはは、痛いとこ突いてくるなあ」

非難されたところでけろりとしている仲井に、これ以上言っても無駄だろう。

香澄以上に過保護な面もある彼が今回のような真似をするには、それなりの思惑があるはずだ。いったいなにをたくらんでいるのかなど、知りたくもないが。

「とにかく、俺はこれで」

歩きだそうとした香澄は、仲井の言葉にまたもや足を止められた。

「あ、待ってよ。きょう、鎌倉に帰るの？」

「いえ、遠いですからこのホテルに部屋をとってありますが」

「じゃあ、時間あるでしょ。ちょっとだけ挨拶してってくれない？」

「……あのですねえ」

これ以上まだ引き留めるのか。本気でいらだちそうになっていると、スーツの端がくいくいと引っぱられた。

「香澄、ぼくなら、いいよ」

「でも、先生」

「平気。お仕事だし」

弱々しく、だがにっこりと笑ってみせる神堂の言葉に負けて、香澄は深々と息をついたあと、腕にはめていた時計を見た。

「十分だけですから」

「敏腕マネージャーは怖いね。……冗談だよ、あちらも忙しいからすぐ終わる」

こっちに、と仲井に先導されて向かったさきには、驚いたことに英奎吾がいた。

ファンらしい数人の女性に囲まれ、写真をいっしょに撮っていた奎吾は、仲井のうしろにいる神堂を認めてにっこりと微笑みかけてくる。

「先生！　こちらから挨拶にうかがわなければいけないのに、申し訳ありません！」

香澄ほどまではいかないが、一八〇センチ近い長身にバランスのとれたスタイルのいい人気俳優は、恐縮したように頭をさげ、好感度の高い笑顔を向けてきた。しかも驚いたことに、香澄に向けてもにっこりと笑いかけてくる。

「マネージャーさんですよね。今回の映画では、お世話になります」

「いえ……こちらこそ。ご丁寧にありがとうございます」

「とんでもない。いい作品に関われて、本当に嬉しいんですよ。精一杯がんばりますので、よろしくお願いいたします」

きっちり頭をさげた奎吾に、香澄は正直いって面食らった。

（うわ、超いいひとって感じ）

この会場についてから、何人かに「神堂のマネージャーです」と挨拶したけれど、こんなふうにまともに香澄へと相対した人物はろくにいなかったからだ。じっさい神堂と離れて行動する羽目になったのも、野々村がいささか邪魔そうに追いやったせいでもあった。

こうした場のお作法がわからず、引いた自分が悪いのは重々承知でもあるけれど、あちこちで軽んじられているうち、どう振る舞えばいいのかわからなくなったのも本音だ。

（こんなまっとうなひと、この会場ではじめて見た）

現在、若手俳優として爆発的な人気を誇る三十歳の奎吾は、ここ数年、映画やドラマでも引っぱりだこだ。なんとなく芸能人というのはお高い人種なのではないかと思っていた香澄は、偏見を持っていた自分を反省した。

おまけに奎吾は、下調べも万全だったらしい。にこにこと笑いながら、神堂の著作の話までふってきた。

「ぼく、短編の『かささぎ』が好きなんですよ。最後の、かち、かち、って音の描写なんか鳥肌たっちゃって」

「え、あ、あれ、読んでくれたんですか」

ぱっと神堂の顔が赤くなった。『かささぎ』は初期短編集のなかに収録されている作品だが、売れ行き的にはあまりはなばなしいものではなく、単行本も絶版でこそないけれど、いまだ文庫化されていない。発売からは十年以上が経過しているので、知るひとぞ知る、という作品だった。

「不勉強で申し訳ないんですけど、まず原作の『見捨てられた街』からすこしずつ読みはじめたんです。それで、今回の話のオーディションがあるって聞いて、興味あって。手にはいるものは古本までぜんぶ集めました」

「あ、ありがとうございます……」

真っ向から褒められることに慣れない神堂は、おろおろしていたけれど、嬉しそうだった。そんな姿を見ながら、香澄はひたすら奎吾の態度に感心していた。

(如才ない、ってこういうひとのことを言うんだろうな)

むかしから大ファンで、などと言えば嘘くさくなるし、あえて「映画化をきっかけに読んでみた」と言いきったのは逆に誠実にも思えた。しかもそのうえでマニアックな短編に目をつけるあたり、なかなかやるなあ、という感じだ。

(しかし、さすが芸能人。めちゃくちゃかっこいいなあ……)

目線の差からして奎吾の身長は一八〇センチジャスト、といったところだろうが、なにしろ頭も顔もちいさく、手足が長い。少女マンガのキャラクターのような頭身をしている。

神堂もかなりの美形だと思うけれど、奎吾はまるっきりタイプが違う。顔だちはあまく整っていて、いわゆる「イケメン」というよりも、正統派の「ハンサム」と言ったほうが正しいだろう。はきはきとしゃべる声は、いまどきの男性ではめずらしいほど低い、いい声だ。

おまけに、奎吾は気配りも完璧らしい。

「お忙しいのに、お時間とらせてしまって申し訳ないです。お帰りになるんですよね？」

さきほど、出口へ向かう姿を見ていたのだろう。目端のきく男だと香澄は感心した。

「ああ、はい。神堂がちょっと、体調が悪くて」

「きょう、寒いですもんね。先生、身体にはお気をつけて」

「は、はい。ありがとうございます」

眉をさげ、心から心配そうに言う奎吾に対し、神堂もあわてて頭をさげた。

「それじゃまた……あ、次はクランクインの記念パーティーがありますけど、先生、いらっしゃいますよね？」

「……それは」

神堂ではなくこちらに向けられた確認に一瞬戸惑ったのは、その件は香澄にとって初耳だったからだ。しかし、この状況で「知らない」などと言うのは失礼ではないかと考えていた矢先、神堂がぽつりと答えた。

「い、いきたいと思って、ます」

「えっ」

「ほんとですか！　じゃあ、そのときお会いするの、楽しみにしてますね」

香澄の怪訝な声は、嬉しそうな奎吾の声にかきけされてしまった。驚いて神堂を見ると、かすかに上気した頬の彼がおずおずと笑っている。

「兵藤さんも、いらっしゃるんですか？」

「いえ、わたしは……先生、いきたいですか？」

「う、ん。だめ？」

じっと見あげてくる大きな目に、香澄はため息を噛み殺した。

「スケジュール確認して、だいじょうぶそうだったらいいですよ」

ぱっと表情をあかるくした神堂に、奎吾もまたくすくすと笑った。

「いいなあ、神堂先生。文章はすごく端正なのに、ご本人は素直っていうか、雰囲気がかわいらしい方ですね」

年齢に見あわない口調や拙《つたな》い態度を指摘されたと思ったのか、ぱっと神堂が赤くなった。

「あ……す、すみません」

「あ、いえ。こちらこそ失礼な物言いしちゃって」

「いえ、あの、ぼく、うまく話せなくて」

あわててぺこぺこと頭をさげあうふたりに、香澄はなんとなく取り残されたような気分になった。ずっと無言で微笑んでいた仲井が、ひっそりと耳打ちしてくる。

「妬《や》くな、妬くな。裕が人見知りしないのもめずらしいけど、これはきみの影響だろ」

つくづくいやなところばかり突いてくる男だ。香澄は横目で仲井を睨んだ。

「そんなんじゃないっすよ」

「そう？　俺、初対面の兵藤くんがあっさり裕としゃべったって聞いて、悔しかったけどな」

しらっとした顔でつぶやく言葉は、どこまで本音かわからない。うろんな目で見たさき、クセモノ編集はにまにまと目を細めていた。

＊　＊　＊

それから数十分後、神堂と香澄のふたりは、パーティーがおこなわれていたホテルの上層階、スーペリアツインの部屋へとたどりついた。

「……つかれた」

「お疲れさま。がんばったね先生」

苦笑しながら、香澄がネクタイを引き抜く。長い指で髪をぐしゃぐしゃと乱す仕種《しぐさ》に、神堂はぼんやりと見惚《みと》れた。

きょうの香澄は、本当にかっこよかった。いつものラフなスタイルでも充分にかっこいいのだけれども、整えた髪や厚みのある身体に似合うかたちのいいスーツが、ふだんとは違う彼の魅力を引きだしていたと思う。

「そ、かな？　ぼく、がんばった？」

「うん。でも無理は禁物。ほら、着物脱いで、はやくお風呂はいって」

ほわほわした気分でいた神堂は、やさしく話しかけてくる香澄を見あげて首をかしげる。

「……香澄、なんか、機嫌悪い？」

「え」

ぎくりとしたように、自分のスーツをクローゼットのハンガーにかけていた香澄が動きを止めた。

「なんで、そう思うの」

「なんでって、だって、顔が……変だから」

「変って、ひどいな」

香澄が苦笑し、神堂はもどかしくなった。キーボードをたたけばいくらでも流暢《りゅうちょう》に語ることができる神堂の言葉は、肉声として発しようとしたとたんにひどくぎこちなくなる。

「あ、ご、ごめん。そういう意味じゃ……ただ」

「わかってる、うん。まあ、俺、変っすよね」

はあ、とため息をついて、香澄はベッドに腰かけた。おろおろしながら彼のまえに立つと、すっと手を差しだされ、反射的にそれをとる。

「わっ」

引き寄せられ、ベッドに転がった神堂は、あっさりと香澄に組み敷かれて驚いた。

「どうしたの？」

「んー、まあいろいろ自分のいたらなさに反省中」

のしかかってきた香澄は、神堂には意味不明なことを言う。重みを受けとめながら、神堂は首をかしげた。

「香澄がいたらないことなんて、なにもなかったでしょう?」

「いや、いろいろ、いっぱい。……英さんみたいに如才なくないしなあ、俺。なんか、いろいろ足りてなくて……ごめん」

はあ、とため息をついた彼は、どうやらすこし落ちこんでいるらしい。どうしよう、と思いながら神堂はそっと、金色の頭を撫《な》でた。

「英さんは、役者さんだから、ああいう場に慣れてるんだと思う。それにほんとは、香澄はああいうところにこなくてもいいのに、ぼくが呼んだから……」

「いや、もっと近くにいるべきだった。つうか、慣れとかなきゃだめなんですよ、俺が」

落ちこんでいるのではなく、反省しているようだ。しかしますます意味がわからず、神堂は軽いパニックになった。

「な、なんで? 香澄がだめなら、ぼくなんかほんとにだめすぎる」

「先生はいいの」

「……ふたりきりなのに、なんで先生って呼ぶの?」

香澄と神堂の間だけの決めごとで、ふたりのときにはお互い、名前で——とくに神堂は本

名のほうで――呼び捨てにする、というものがあった。なのにホテルの部屋でも、香澄はどうも距離のある呼びかたしかしていない。

それもさきほどから神堂が感じている「変」のひとつだ。拗《す》ねたような声で問いかけると、香澄はまた「はあ」と長いため息をついた。首筋にあたってくすぐったいと身をよじれば、香澄がしっかりと抱きしめ、逃がさないというように力をこめてくる。

「香澄？」

「んん、ちょっと補充していい？」

胸に顔を埋《うず》めたまま問いかける彼に「いいよ？」と、わけもわからず答えた神堂は、顔をあげた彼のにんまりした表情の意味がまるでわからなかった。

わからないまま、気づいたら唇が深く重なり、舌を奥まで含まされていた。

「んんん……っ」

ぎゅっと抱きしめられたままの、激しいキス。たまらない、と身をよじったとたん、器用に膝《ひざ》を使った香澄に脚まで開かされる。

「うやっ、ちょっ……んん！」

待って、と言うより早くまたもやキスをされ、神堂はあまくうめいた。そのうちに寝転がっているのにくらくらしてきて、開かされた脚の間がじょじょにこわばっていく。

「先生、なんで腰、揺れてるの」

「あ、だ、だって、香澄が」

長いキスのせいだと神堂は睨んだ。はだけた着物の裾から這《は》いのぼった指が腿《もも》を撫で、膝のうちがわをくすぐるようにさわるたび、ぴくぴくと細い脚は震えてしまう。

(もっと奥、いいのに)

じらすような手つきにもじもじしながら、赤らんだ顔で香澄を見る。香澄はなんだか複雑そうな顔のまま、じっとこちらを見おろしていた。

「なあに?」

「いや。こんなつもりじゃなかったんだけど」

自分に戸惑ったような香澄の声。そう言いつつも、ぴったりと腿に挟まったまま離れていく気配もない、大きな手。

「しないの?」

「先生は、したい?」

ずるい切り返しをされて、神堂はむうっと口を尖らせた。香澄の首に腕をまわし、引き寄せて、顎《あご》に思いきり嚙みついてやる。

「いって!」

「したくなったの、香澄のせいだよ」

ひっそりささやきかけると、彼は驚いたように目を瞠《みは》り、そのあとすっと目を細くする。

「そうだね。ごめん。俺がさわったから」

「……うん」

「もっとうえも、さわっていい？」

こくんとうなずくと、腿を撫でていた手がじりじりとあがってくる。下着はとくに着物用のものではない。香澄の長い指は、ローライズのボクサーパンツにいきあたった。シルク素材のそれは、着物の際にラインがでなくていいだろうと香澄が選んだものだ。

「このパンツ、やっぱ、えっちいね」

「じ、自分でっ」

「うん、俺が選んだってあたりが、さらにやらしい」

勝手な理屈をこねた香澄は、もう片方の手を使い、長い指で神堂の顎から鎖骨までをすうっと撫でてくる。そのままあわせを押しさげ、手のひらをさしこむと、見えてでもいるかのように二本の指で乳首をつまんだ。

「あっ」

びくん、と神堂が震える。家事をするせいで乾いてかさついた指の腹が敏感な肌に引っかかった。それだけでも刺激は充分なのに、意図を持った動きで押しつぶしたり、つまんで引っぱったりされて、呼吸が浅くなっていく。

いつの間にか、組紐は抜き取られ、シーツのうえに髪が拡《ひろ》がっていた。背中に敷き込んでいたそれを丁寧にたぐって枕へと散らした香澄は、膝立ちの状態で身を起こし、満足そうに神堂を見おろした。

「なあに？」

「裕、すっごい色っぽいなと思って眺めてる」

にんまりと笑ってつぶやかれた言葉に、顔が赤くなった。香澄は、最初のころあれこれ言って洋服を着るようにと勧めてきたくせに、神堂の和装姿が好きらしい。

「眺める、だけ？」

震える声で問うと、笑いをなくした顔の香澄が覆い被さってきて、ふたたび深く口づけられた。

夢中になって、広い背中に手をまわし、もう片方の手で金色の髪をさらにぐちゃぐちゃにする。舌を絡められ、一生懸命吸っていると、乱れたあわせをさらにぐいぐい開かれて、胸をさらけだされた。

「あっ、あんっ」

キスは唇から顎、喉、と伝い降りて、右の乳首へとたどりついた。執拗《しつよう》なくらいに吸って舐《な》めながら、下半身をまさぐる手も大胆になる。ぴったりとした下着のうえから股間を撫でさすり、膨らんでいくそれを軽く握ったまま振動を与えられると、勝手に足が持ちあがり、ベッドの上で膝を曲げた。

その膝頭を掴まれ、さらに脚を広げられた。そして、香澄の顔はさらにしたへとさがっていく。

「か、香澄。お、おふろは？」

「パーティーにいくまえに、ここではいっていったでしょ」

性急な香澄に驚いて、神堂は問いかけた。だが、どこか獰猛《どうもう》に笑う彼に質問をたたき落とされたかと思うと、下着のうえから顔を押し当てられてしまった。

「あっ、やっ」

「んん、もう濡《ぬ》れてんだ」

「あうっ」

直接ささやきかけてくるせいで、吐息がこもって熱いのに、一部分だけがひんやりする。濡れていると言われたところだ。神堂が真っ赤になっていると、ローライズのそれからいまにも飛び出しそうなペニスの根元を香澄はやんわりと揉《も》んだ。

「舐めていい？」

「や、やだ」

断ったのに、下着越しに軽く嚙みつかれた。ぞろりと動く感触はたぶん、舌だろう。卑猥《ひわい》でじれったい愛撫に、ぞくぞくと神堂は震えた。

びくんびくんと上下に揺れてしまう腰が恥ずかしい。おまけに食らいついた恋人は、どれだけ激しく動いても離れようともしない。唾液《だえき》と、自分が漏《も》らしたもので濡れたシルクのうえから舌を使われると、もどかしさといやらしさにめまいがしそうだ。

「やだ、香澄……香澄……」

「いやなの？」

半泣きになり、神堂はうなずく。そして、もじもじと腰を揺すりながら、香澄の頭を震える指で摑んだ。

「ちゃ、ちゃんとして」

ねだれば、叶えてくれる。信じきったまなざしで見つめた相手は、くすりと笑って身体を起こし、手早く神堂の帯をほどいて下着を引きさげた。

「着物、皺《しわ》になるから脱ぎましょうね」

声もだせず、手の甲を嚙みながらこくこくとうなずく。背中に大きな手のひらをあてがわれて抱き起こされ、すべてを預けきったまま全裸にされた。

彼もまた服を脱ぎ、いつもながらの丁寧な手つきでふたりぶんの衣服を片づける。だがその股間は、震えるしかできない神堂と同じくらいに高ぶっていて、あれでよく日常の動作ができるものだ、と感心してしまった。

「おまたせ」

微笑んだ香澄がベッドに戻ってくる。もどかしく起きあがって両手を差しだすと、彼らしいやさしくあまい仕種で抱きよせられた。ぴったりと肌をあわせ、激しくキスをしたままシーツのうえに転がる。

肉厚の舌が口腔《こうこう》にすべりこみ、ぬるりと動きまわるそれを神堂は懸命に吸った。重なった腰は重たく痺《しび》れていて、香澄の大きな身体に押し潰されていることすら気持ちがいい。脚を開かされ、いちばん熱くなっているところに彼のそれを押し当てられて、期待にまみれた息が漏れる。

「準備ないから、いれるのは、なしね」

「えっ……」

がっかりした顔になる神堂へと香澄は苦笑して「予定外だったから」とささやく。

「おうちに帰ったら、ね」

耳を噛みながら、そそのかすようなことを言った彼は、ゆっくりと腰を動かしだす。ちいさな尻をぎゅっと摑まれ、熱くて硬いそれにこすられると、快楽に弱い神堂の身体はすぐにとろけ、恋人にしがみついたままかすかにあえぐしかできなくなった。

汗ばんだ肌がこすれて、指先が疼《うず》く。敏感すぎる場所を硬いものでぐりぐりと押され、側面がかすめる瞬間には鳥肌がたち、先端が触れあうと声が止まらなくなる。

「あん、あっ、あっ……あつ、あつい」

「痛いとこない？」

「ない、もっと……」

もどかしくて、神堂は身体を自分からこすりつけた。高ぶったそれをこすりあわせるのも気持ちはいい、けれどつながっているときの安心感にはほど遠い。

「キス、して」

「動きにくくなる……」

「やだ、キス」

むずかるような声をあげ、軽く息を切らした香澄の唇を求めた。大柄な香澄と神堂の体格差では、唇を重ねると腰の位置がずれてしまう。わがままにも、神堂は「こっちもして」と腰を揺すって訴えながら、首筋に絡みつけた腕を離そうとはしなかった。

「先生、無茶言うなあ」

「……先生は、だめ」

ぐずぐずとあまえてみせれば、年下のくせにどこまでもあまい恋人は「裕？」と名前を呼んでくれる。それでいい、とうなずいてみせると、香澄は困ったように眉を寄せた。

「なに？」

「んー。キスしながら、ここ、こするなら……」

にやっと笑った彼が、しどけなく開いていた脚を閉じさせる。なんだろう、と目をしばたたかせた神堂の腰をぐいと持ちあげ、半分に折りたたむような体勢にされてしまった。

「はい、ここ持って」

「え？　え？」

膝の裏に自分で手をまわすようにと指示され、神堂は驚きながらも従う。体育座りのままひっくり返ったような奇妙な体勢に目をまるくしていると、香澄がにんまり笑って身体を倒してきた。

「ちょっと苦しいかも。でもがまんね」

「あ、わ、わっ……」

ぴったり閉じさせられた腿の間に、香澄のそれが挟みこまれた。やわらかい肉を押し広げるようにして進んでくる感触は、挿入されたかのようでひどくいやらしい。そして彼の大きなものは、たたんだ脚の内側にある神堂のペニスの根元をぐいと突いてきた。

「あっ、やっ、やっ、やんっ……んん！」

面食らいながらあえいでいた唇が、肉厚のそれにふさがれる。ちいさくたたまれた身体を押しつぶされるような体勢に、息苦しさと同時に不思議な安心感を覚えた。心臓が高鳴りすぎて怖いくらいなのに、香澄が世界中から護ってくれるかのように抱きしめていてくれるから、安心して委ねてしまう。

最初はきつかった摩擦《まさつ》が、汗と、香澄からにじんだものですべるようになり、快感はいっそう高まった。キスはずっと続いている。舌は、もうどちらがどちらのものかわからないくらいに絡まりあって、溢《あふ》れた唾液で顎がむずがゆかった。

「ぅふ……っ、んん、んんん」

閉じたまぶたの奥から涙がにじんで、汗だくの頬へ流れていく。力なく背中に這わせた手で大きな身体に摑まって、揺さぶられる振動の激しさに耐えた。

(すごくかたい)

熱い、ごりごりしたものが脚の間で動き続け、高ぶった性感を刺激する。これが自分のなかにあるとき、腰が浮きあがるくらいの気持ちよさを与えてくれると知っている。挿入時の快楽を思いだした身体はきゅんきゅんと疼き、ちいさな尻が勝手に収縮した。

「あふ……か、ずみ、香澄」

息苦しさにキスをほどいて、震える手で彼の顔を挟んだ。「なあに」と答える香澄はやさしそうに笑っているくせして、目だけがぎらついている。汗ばみ紅潮した顔はやけに色っぽく、神堂は喉を鳴らした。

力んでいる首筋に浮いた血管、きれいに筋肉の張りつめた胸板。神堂のようにひょろひょろとしているだけの青白い身体とは違う、たくましくて健康な、太陽のにおいのする香澄の肌。

さわやかな色気が満ちた恋人にふれたくて、ぺたぺたと手のひらで撫でまわす。こんなにかっこよくて素敵なのに、どうして彼は自分なんかとつきあってくれるのだろう。いまだにそう思ってしまう。

「なあに、せんせ。くすぐったい」

くすくす笑いながら神堂の手を摑んだ香澄が手のひらにキスをしてくれる。ささやかな接触なのに、じん、と痺れて、たまらずにせがんだ。

「もっと、くっつきたい」

「いっぱいくっついてるよ？」

「……違う、あの、あの……」

もじもじと腰を揺すって、もどかしい身体のことを訴えた。勘のいい彼は気づいているはずなのに、「なんですか」とわざと丁寧に問いかけてくる。神堂は泣きそうになった。

「い、いれたい……香澄の、いれたい」

お願い、としがみついてせがめば、ぶるりと逞《たくま》しい身体が震える。けれど香澄は押し殺した声で「だめ」と言った。

「なんで？　ほしいよ、ね、いれ……あっ、あ！」

「だめったら、だぁめ」

ゆったりしていた動きを激しいものに変え、香澄はふたりのペニスをまとめて握りしめた。指で刺激しながら腰も揺らされ、痺れるようなあまい快感に酔いながら、神堂はしゃくりあげる。

「やん、いれて、香澄、して、してっ」

「帰ったら、ね？　いっぱいするから」

いまがいい、とだだをこねて、いまはだめ、となだめられる。こすれあう、性感の剝《む》きだしになった部分はもうお互いの体液で濡れそぼっていて、香澄も欲しているのはわかるだけに、たまらなかった。

したいことができない、もらえない苦しさ。香澄とこういう関係になってからというもの、あまやかされるだけあまやかされてきた神堂は、自分がとんでもなくこらえ性のない人間になっていて驚く。

同時に、香澄のささやく「しちゃだめ」という言葉に震えた。

（いけないことって、したくなるんだ……）

世間とは感性がかなりずれていながら、基本的に聞きわけのいいまま生きてきた神堂にとって、それははじめての実感だった。せつなくて、もどかしい。なによりつながっているときの一体感がないと、寂しくてたまらない。

どこでもいいから、つながっていたい。身体のなかに、香澄の部分をいれていたい。

「ちょ、せんせ!?」

なだめるように頰を撫でていた香澄の手を摑み、長い指をくわえた。じっと彼の目を見ながら、神堂はつぶやいた。

「これで、我慢、する……」

その瞬間、ぐうっと香澄のそれが膨れあがり、神堂は驚いた。しかも、口寂しさにくわえていた指があっという間に抜き取られ、腰がさらに抱えあげられる。

「え、え？」

「も、ほんとに、せんせのエッチ……」

熱っぽい顔と声でつぶやいた香澄が、舌なめずりをしたあとに神堂の尻を撫であげ、唾液に濡れた指で狭間《はざま》を押し揉んでくる。

「あっあっ！」

「指なんかいれたら、欲しくなるじゃん。でも、これで我慢、するよね？」

「あ、ち、違う。そういう、意味じゃ……んん、ああっ！」

口にくわえるだけで我慢する、というつもりだったのに、そう解釈されるとは思わなかった。目を白黒させた神堂だけれど、慣れた指が探るそこはふたりぶんの汗と体液に濡れそぼり——また、この二年、さんざん彼に愛されたせいで、すぐに侵入を許してしまった。

「ふぁっ、ああ、あっ」

びくびくと震え、爪先《つまさき》を浮きあがらせた神堂の手をとって、香澄はさきほど自分がしたように、互いの股間を握らせる。

「ん……せんせ、ここ、いっしょに握ってて。ね？」

こくこくとうなずいたとたん、指と腰の動きが激しくなった。

いつもならたっぷりのジェルで濡らされての挿入だけれど、濡らしたりないきょうは、やけに香澄の指の感触がなまなましかった。香澄の手は硬くて、ごつごつしていて、なのにやさしい。傷つきやすい粘膜をなぞり、拡げ、感じる場所をすぐに見つける器用な指。

空いた手でぷくんと腫《は》れた乳首をつままれ、神堂の好きな強さでいじられると、泣きじゃくりながら腰を振ってしまう。そのたび、身体のなかにある指と彼のペニスにこすられた自分のそれと、両方に思いがけない刺激が伝わり、どろどろと溶けそうなくらいの快感を味わった。

「きもち、い……きもちいい……っ」

「ん……俺も気持ちいい。もっと、強くぎゅって……うん、そう」

無意識のまま腰をゆすり、自慰《じい》をするように濡れた先端をいじる神堂の姿に、香澄が目を細める。やわらかい口調でいやらしい指示をだし、臆病で羞恥心《しゅうちしん》の強い神堂が怯えないように、上手に高めて、あまやかす。

「帰ったら、ここ、いっぱいするから」

「んんっ、んんんっ」

香澄の指に、痛くない程度に乱暴にかきまわされて、神堂は唇を噛んだまま何度もうなずいた。いれてね、してね、と泣きじゃくりながらキスをせがみ、舌をふれあわせた瞬間、同時にぶるっと震える。

「あ、でちゃう、でちゃう……っ」

「いいよ、だして」

俺も、いく。かすれた、笑いまじりの声でささやかれた瞬間、神堂はちいさな悲鳴をあげて射精した。数秒もあけず、熱いなにかが自分の身体めがけて放たれるのを感じ、香澄の絶頂がうつったかのように、またぶるぶると身体が反応する。

身体中が脈打って、心臓が痛い。ひくひくとあえぐ神堂が余韻《よいん》にひたっていると、香澄が腰を突きだすようにして背を反らし、長い息をついた。

「ふー……」

汗の浮いた口もとを舐める仕種がなまめかしくて、さらに心臓が高鳴る。「痛くなかった？」と問う声がやさしく、微笑んだままかぶりを振ると、彼も同じような顔をしたままゆっくりと指が引き抜かれていった。

(終わっちゃった)

なんだか残念な感じがする。ねっとりとした彼の体液に汚れた身体を眺め、無意識のまま白いそれを指でなぞると、香澄があわてた。

「あ、こら。いたずらしない。すぐ拭《ふ》くから」

身を起こそうとする香澄の肩に手を置いて、神堂はかぶりを振った。

「まだ、いて」

「だめ。乾いたらとれなくなるし、拭かないと」

「いや」

離れたくないとしがみつく神堂に、香澄は一瞬だけ困った顔をした。けれどすぐに相好《そうごう》を崩した彼は「もお」と言ってきつく抱きしめてくる。

（あったかい……）

ふわふわした気分でそう思いながら、冷たかった手足に体温が戻っていることに気づいた。

慣れない場で、慣れないひとたちと会話する——といってもほとんど、野々村や仲井に任せっぱなしだったが——間、神堂はひどく緊張していた。以前の自分なら、とっくにぜんぶ投げだして逃げていたと思う。

それでも、心配そうに見つめてくれる香澄の視線に気づいていたから、がんばれたのだ。

「……ふふ」

「ん、なに？」

突然笑いだした神堂に、香澄が目をまるくした。

だいぶ崩れかけてはいたけれど、セットしてあった金色の髪に手をさしいれ、くちゃくちゃにかきまわす。「なになに、なんなの」と香澄が笑うけれど、いつものように跳ねた状態になってほっとした。

「こっちのほうがいい」

「ん？　似合わなかった？」

「きちんとしててもかっこいいけど、香澄は、こういうほうがいい」

つぶやくと、香澄はきょとんとしたふうに目をまるくした。そのあと、じんわりとにじむように笑みを浮かべ「だよね」とうなずく。

「俺も、なんか変な感じだった。……でも先生はひさしぶりの着物、似合ってたけど」

「そ、そう？」

彼の言葉どおり、神堂が着物を着たのは本当にひさしぶりのことだった。

──小説家ってのは鎌倉に住んで着物着てるもんだ。

神堂は二年まえまで、かつて仲井が言った言葉を忠実に守り、ひとりで着つけもできないくせに、着物ばかりを着ていた。幼いころから自分の拙い言葉を聞き、気持ちを理解してくれる唯一の相手、その仲井に言われたことは、どんな些細《ささい》なことであれ、背《そむ》きたくなかったからだ。

けれど、神堂が楽な格好をしたりしても、仲井を裏切ることにはならないと香澄が教えてくれてからは、彼がコーディネイトしてくれる服を着るようにしている。

「きょうは、着物着てきてくださいって野々村さんがメールに書いてきて……」

「あー、ね」

新しくついた担当女史の名前をだすと、香澄はむっとしたように顔をしかめた。

いつもあかるい表情をしている彼が、そういう顔をするのはめずらしい。神堂はなんとなく首をすくめた。

「……なに？」

「あのひと、担当としてどうなの？　仕事、しにくくない？」

「え？　いまのところ、べつになにも」

ずいぶん厳しい口調で問いかけてくる香澄に、神堂はかぶりを振った。

「スケジュールは香澄とたかちゃんが相談して、きちんと決めてくれてるし、書くものは、自分で考えて決めてるから」

一般的な作家は担当とプロットの相談をしたり、コミュニケーションをとりながら作品を作ったりしていくものだが、神堂の場合はかなり特殊だ。自分のなかにあるものが溢れてきたとき、一気にパソコンのエディタソフトで書きとめておき、あとで物語のかたちに構築していく。そのため、ほとんど担当編集と打ちあわせらしきものをすることはなく、それは先代の仲井のときでもそうだった。

「でも、仲井さんが担当だったときは、まめに様子見にきたりしてくれてたでしょう。彼女、一度も家にきたことないし――」

「それは、こなくていいって言ってあるから」

「こなくて、いい？　なんで？」

いまさらそれを問われるとは思っておらず、神堂のほうが驚いてしまう。

「だって、会ってもなにも話せないし」

自分にとってあたりまえの事実を口にすると、香澄は目をまるくした。

「え、でも最近、ご近所さんとか平気になったじゃないですか。あと、俺のダチとかも」

「それは、香澄もいっしょにいるし、せいぜい五分くらいしか話さないから」

香澄と出会うまで完全なひきこもりだった神堂は、知らない相手と会話することがほとんどできなかった。そもそも、ひとに会うどころか、一歩でも外にでるのが怖くて怖くてたまらなかったくらいだ。

心をほぐし、あちこちと連れだしてくれた香澄の尽力でだいぶ改善されてきたとはいえ、近隣住人を相手に世間話をするのが精一杯。それもこの周辺に住まうひとびとは、比較的老齢で、おっとりとしてやさしいお母さんやおじいさん、といったタイプが多い。

また香澄のサーファー仲間などとはすこしくらい話せるようになったが、こちらは放っておいても自分で勝手にしゃべってくれる陽気なタイプが多いので、口数がすくない神堂は相づちを打つか、たまに質問されたとき「はい」「いいえ」と言っていればすむ。

またいずれのひとびとも神堂のようにおどおどしている若者を見てもあまり動じず、穏やかに接してくれるし、ひきこもりがちでいることについても「作家さんは個性的だから」だとか「事情もそれぞれ」と勝手に納得してくれて、踏みこんでくることもない。

けれど、担当である野々村とは本来、そんなご近所づきあい的なレベルのコミュニケーションでは成り立たないのだ。

というよりそもそも、神堂にはそれを成立させる意志がない。そんなことはとっくにわかっていたのだろう、と思っていただけに、すこし驚いた。

「野々村さんの電話とかスケジュールの話は、香澄が引き受けてくれてるでしょう?」

「そりゃ、まあ……でもメールとかで連絡してるのかと。打ちあわせ、とか」

「それもしなくていいって言ってある。ぼくはぼくで、たかちゃんがやっていたときと同じ仕事のやりかたで納得してくれるなら、って条件で、担当の引き継ぎを了解したし、あちらも不都合はないと思うよ」

納得いかないような顔をされて、神堂は苦笑した。

(心配いらないって言っても、心配なんだろうなあ)

ベストセラー作家だとか、映画化常連だとか言われはじめても、いまでもぜんぜん、一人前とは言えないと神堂は思っていた。

相変わらず生活能力はないし、よく知らない人間も、外にでることも苦手なままだ。けれども、一応は香澄の雇用主であるという事実が、神堂にとって唯一の原動力でもある。

「だいじょうぶだから。問題は、なにもないから」

「……裕がそう言うなら、いいけど」

先生、ではなく本名で呼んだあたり、マネージャーとしては承伏しかねるが、恋人として主張を聞きいれたと言いたいのだろう。あまやかされているなあと思いつつ、神堂はそんなあまい香澄が好きなのだ。

「あのね、かず――」

言いかけたところで、くちん、とちいさなくしゃみがでた。あわてたように「寒かったかな、ごめん」と香澄が言った。

「やばいな、寒いのにこんなカッコさせたまんまで……」

上掛けのシーツをかけてこようとするのを、神堂の手が止めた。

「だめだよ、まだ、これ」

「あっ」

案の定、乾いてぱりぱりになってしまった体液を指さすと、香澄は唇を歪《ゆが》めた。おそらく後始末が悪いと自分を責めているのがわかり、逆に申し訳なくなる。

(そこまで、世話焼かなくても……って、言えないのが悪いんだよね)

責任感の強すぎる彼は大変に過保護で、ときどき神堂のほうが面食らうことすらあるほどだ。けれど、それほどまでに自分がだめな子だからとわかってもいるから、彼をうまくフォローする言葉も見つからない。

だがこれでも、つきあって二年。亀の歩みがごとき変化でも、すこしは香澄を動かす術は覚えたのだ。

「えっと、香澄？　お風呂、つれてってくれる？」

「——すぐいきます！」

おずおずとあまえてみせた神堂を恋人は抱きあげて浴室に向かう。いつもながら、ひとひとりをひょいと抱えあげられる彼の膂力《りょりょく》には驚かされ、同時にくすぐったくもなる。

親にも誰にも、ここまで大事にされたことはなかった。仲井は親切でやさしかったけれど、いつもどこか冷静で、心のラインを〝ここまで〟と決められているような、そんな感じがしていた。

だが香澄は違う。一生懸命で、神堂のことをとてもとても愛してくれている。ふだん、他人や世界に対して感じる透明で分厚い壁のようなものを、彼にだけは感じない。

そして——怖がりな神堂にとって、重要なことに——香澄だけはなにがあっても、怖くならない。けれど同時に、彼をとりまいているすべてのものには恐怖を感じる。

「香澄」

「うん？　なに？」

「……ぼくの？」

風呂でシャワーを浴びせかけられながら、唐突に放った問いに、香澄は目をまるくした。

けれどすぐに微笑んで、こう答えてくれた。

「うん。俺はぜんぶ、裕の」

耳に心地よい低い声、あまい笑顔、あたたかい胸とつよい腕。ぜんぶ、すべて、神堂だけのものであってほしい。そうでなければ、つらすぎる。

香澄は神堂にとってのやさしい繭《まゆ》だ。世界で唯一、ここにいれば安全だと信じていられる、そんな場所だ。だからそれを護るためには、どんなことだってできると思う。

遅筆気味の小説を綴《つづ》ることも、死ぬほど苦手な、ひとまえにでて注目されることでも。

香澄がいるからがんばれる。それ以外のことは、どうでもいい。

「お仕事、がんばるからね」

大きな手のひらを捕まえて、頬ずりしながら告げる。香澄は複雑そうに笑って言った。

「……無理だけは、しないで？」

浴室に響く声はしっとりとした空気のように神堂を包みこんだ。

＊　＊　＊

新春パーティーから二週間ほど経過した。二月にはいり、寒さはますます厳しくなる。

けれど日課の散歩だけはきちんとこなそうと、香澄は寒がりの神堂の尻を文字通りたたいて近所の散策にでた。

せめて陽のあたっているうちにと、真っ昼間に出歩けるのは自由業ゆえの強みだ。

寒がりの神堂は相変わらず外出時には着膨れる。きゃしゃな彼がもこもこになっているのは、それはそれでかわいらしいと思うのだが、ひとつだけ香澄はミスをした。

「手袋、してこなかったの？」

「わすれた」

息を吹きかけながらこすりあわせている神堂の指先、ふだんは由比ヶ浜で拾った桜貝のような爪が、真っ赤になっている。

「運動しないから、末端が冷えるんですよ」

「……毎日散歩はしてるじゃないか」

「俺が言うから、渋々ね。もう、ほら。手ぇこっち」

香澄は自分の革手袋を片方はずし、神堂の片手にかぶせた。もう片方はもちろん摑んで、手に包みこんだままボアジャケットのポケットに突っこむ。

むかしのように、手をつないでもいいの、と神堂は問いかけてこない。ふたりがこうして歩いているのは、いつものことだからだ。

着膨れているうえに、小柄で髪が長い神堂は、大抵その優美な顔だちのおかげで男性だとは思われないらしい。ご近所さんたちはさすがに、謎の作家の正体が年齢不詳の美青年だと知っているけれど、香澄とふたり連れだって歩いていても、とくになにも突っこんではこない。

お出かけですか、と声をかけても、どちらへ、という詮索はしない。そういう、むかしながらの上手な距離を置いた人間関係が、この街では成り立っている。

そしてまた、神堂と手をつないで歩くことへの詮索を、周囲のひとたちがしない理由は明白にあった。

「きょうは、どっちのほうにいく？」

「華頂宮邸《かちょうのみやてい》は、いまは開いてないいんだっけ」

「春と秋だけだからね」

昭和四年に建てられ、有形文化財に指定もされている旧華頂宮邸は、名前のとおりかつて華頂博信《ひろのぶ》侯爵の住まいであった。うつくしい洋館はよくドラマや映画の撮影にも使われるため、鎌倉の人気観光スポットだ。

行き先を決めたふたりは鎌倉駅からのバスが通る二車線の道路をわたって、田楽辻子《でんがくずし》のみちを進み、逗子ハイランドの住宅街方面へ向かった。

香澄は長い足の歩幅を狭《せば》め、歩くのすらもへたくそな神堂にあわせてごくゆっくりと坂道を進む。竹林で有名な報国寺《ほうこくじ》を横目に通り抜けながら、きょろきょろと周囲を見まわす神堂へと声をかけた。

「いま書いてる話の舞台、あそこがモデルだったよね」

「うん、『二階堂《にかいどう》』シリーズの三作目も、そこを舞台にする予定……」

ふ、と神堂は黙りこんで遠い目になった。なにか思いついたらしいと気づいて、香澄は黙ったまま手を握り、目を見開いてはいてもなにも見ていない小説家が転ばないようにと気をつけて歩く。

神堂がうまく外出できない理由は、赤面症などの対人恐怖症にまつわる部分も大きかったけれど、もうひとつにはこの、いつでもどこでも内面世界にはいりこんでしまうクセのせいだった。

――ときどきなんだけど。急に、怖いって感覚がわーって襲って来ちゃって。

自分の怖い考えに押し潰されそうになり、ひとりパニック状態になる、というのは出会って間もないころに打ちあけられていた。そういう理由のわからない、行き場のない衝動を吐きだすために綴った文章が、彼の創作の原点でもある。

だがつきあいも二年以上となった最近では、恐怖心だけでなく、そもそも彼は想像力が豊かすぎるのだということにも気づいてきた。

(たぶんいま、ここにいないんだなあ)

機械的に歩く神堂の五感は、おそらくあの洋館を舞台にした話の主人公か、もしくはそこにまつわる怪異そのものになりきっているのだろう。目だけはきょろきょろと動いているけれど、表情はない。そして、この世界にはないものを見ているがゆえに、目のまえにある障害物にまるで気づけない。

「ほら先生、転ぶから」

「あっ……」

ふらふらと夢遊病のように歩いていた神堂は、香澄に強く手を引かれて目をしばたたかせた。坂になっている歩道の段差に気づかず、そのままつんのめりそうになっていたのだ。

「ご、ごめんなさい。またぼく、やっちゃった？」

「いいよ。俺がついてるから」

香澄が笑うと、神堂は真っ赤になってうつむいた。

ご近所さんに、男同士で手をつないでいてもなにも言われない理由。それは、ひとりで散歩をすることを習慣づけはじめた際、あまりにあちこちぶつかっては転ぶ神堂を、誰も彼もが見かねたからだ。

――ねえ、あのかた、どこか悪いの？　歩いていても、しょっちゅうふらふらしているし。むかしはずっとおうちから、でなかったでしょう？　ひとりで出歩いて大丈夫なの？

同じ町内の老婦人に心配そうに問われ、彼が小説家であること、構想に夢中になると周囲がいっさい見えなくなることなどを香澄が説明すると、「ああ、なるほど」と納得された。

――作家さんなら、しかたないわねえ。

さすがに名だたる文豪の住まいとして有名な街の住人らしく、そのひとことであっさり納得されて、香澄のほうが苦笑してしまった。

（まあ、あとはルックスの勝利だよな）

神堂の挙動不審を警戒されなかったのは、彼のどこまでもはかなげできゃしゃ、そして頼りない風情にもあるだろう。おかげで、「あそこの先生は身体が弱いから」という話が、この付近ではまかり通ってしまった。

噂を助長したのは、一度、老婦人が犬を散歩させている途中にいきあった際、神堂が頭からすっころび、親切な彼女に手当してもらったことがあったせいだ。

それがどんな誤解を呼んだのか、神堂はどうも病弱で、ことによると脚が悪く、うまく歩けないのではないか、という解釈になっているらしい。

——香澄ちゃん、先生ひとりで歩くのは危ないわよ。あなたアシスタントなら、つきそっておやりなさいよ。

——そうよ。それにあんなぼんやりさん、へたな観光客に絡まれでもしたら、ねえ。

じっさいにはなんの病気でもなく、徹夜明けのうえにふらふらしていただけのことだったのだが、かつて文学少女だったらしいご近所の老婦人は、『病弱で美青年の文筆家』という脳内設定が気にいったらしく、香澄が気づいたころには周囲のひとたちにまで「気遣ってあげないとね」と根回ししておいてくれる始末だ。

かくして、ご近所さん公認の手つなぎ散歩はすっかり恒例となり、全体にはまあ、よかったのではないかなと香澄は思っている。

「やっぱり、閉まってるね」

「ん……」

旧華頂宮邸にたどりついたものの、敷地前の門はがっちりと施錠《せじょう》され、公開時期についてのお知らせ看板が立っている。春には庭園に咲く花もあざやかだが、冬枯れの広い庭のまん中にぽつりとある洋館は、どこか寒々しい。

じいっとその姿を眺めていた神堂は、十分ほど経って「うん」とうなずいた。

「もういいよ、ありがとう。いこう」

くるりと背を向け、歩きだす神堂の薄い背中をあわてて香澄は追った。

（マイペースなんだよなあ、もう）

ふだんは気を遣いすぎるくらいでいるのに、自分の考えに没入したときの神堂はとことんまで香澄を振りまわしてくれる。けれどそういう面もどこかかわいらしく感じてしまうあたり、相当彼にいかれているのだ。

「寒くない？　先生、どっかであったかいの、飲む？」

「んん……」

谷戸と呼ばれるこのあたりは周囲を山に囲まれた状態で、地名もバス停の名前も寺にまつわるものが多い。ひとつ路地を曲がれば、みっしりとした緑の濃い道がどこまでも続く。昼でもなおうっそうと暗い小径《こみち》などは、それこそ神堂の書くホラーミステリにうってつけだが、なにしろ真冬、陽があたらない場所に長くいるとさすがに芯《しん》まで寒くなってくる。

「報国寺にいって、お抹茶にする？　それとも、大塔宮《だいとうのみや》までまわって、あのへんの喫茶店にでもはいる？　それとも、家に帰ってのんびりする？」

「……大塔宮にいきます」

旧華頂宮邸から大塔宮に向かうには、香澄ひとりならば徒歩で十分かそこら。しかし神堂も連れてとなると、倍はかかるだろう。

本日の神堂は、めずらしくお散歩気分らしかった。ふたたびさきほどのルートをたどって道路沿いに戻り、ひたすらてくてくと住宅街を歩く。

たどりついた通称大塔宮こと鎌倉宮は、後醍醐天皇の皇子、大塔宮護良親王《おおとうのみやもりながしんのう》を祀《まつ》る神社だ。拝殿前には巨大な獅子頭《しがしらまもり》守があり、正月には破魔矢やお札などに混じって、ちいさな獅《し》子頭守も御守りとして売られているが、この日はお休みなのか、時期はずれのせいなのか、神札授与所は閉まっていた。

しかし、オフシーズンには閑散としているはずの神社が、妙にこの日はにぎやかだ。神殿の奥を覗きこむような人集《ひとだか》り、それも若い女の子が多数で、香澄と神堂は顔をみあわせた。

「なにかやってるのかな？」

「さあ……この時期って催しごとあったっけ」

それにしても、歴史は古いとはいえ駅前の鶴ヶ岡八幡宮に比べればマイナーな神社に、なぜあんなにもひとが集っているのだろう。

小首をかしげつつ、せっかくだからと参拝を済ませるともうすっかり冷えきっていて、ふたりは急いで近くの喫茶店へと駆けこんだ。

「いらっしゃいませ」

うっかりすると見落としてしまいそうなほどの、ちいさなその店は、この年の正月にお参りにきたときに香澄が発見した場所だ。

アンティークふうの小物と、素朴な風合いのテーブルが数卓しかない狭い店。

店内でもっとも奥まった部分がボックスのように一部分だけ張りだしていて、そこには、黒縁のメガネをかけ、ニット帽をかぶった背の高い男性が、コーヒーを手に本を読んでいた。

「すみません、コーヒーと……先生は？」

「カフェオレ」

ひとりで店をやっているらしい女性に「お願いします」と香澄が告げたところで、ふっと視線を感じた。

（……ん？）

反射的に振り返ると、奥の座席で本を読んでいた男が、じっとこちらを見ている。どこかで見覚えがあるようなその顔に眉をひそめると、彼がすっと立ちあがってこちらへと近づいてきた。

「どうも、先生。兵藤さん」

ほがらかで、低いけれど通りのいい声、すらりとした長身。いったい誰だろうと怪訝に思っていた香澄のまえで、彼は「わからないかな」と苦笑し、帽子を取るとそっとメガネをはずした。

「ぼくです」

「えっ？　はなぶ……っ」

驚いた香澄が思わず口走りそうになったところで、言ってはまずいかと、あわてて口をつぐむ。くすくすと笑った奎吾は、さまになる仕種で口のまえに指を立ててみせた。

「偶然ですね。よかったら、ご一緒しませんか？」

「え、あ、ああ……先生、どうします？」

「え……」

神堂もまた戸惑っていたようだけれど、先日のパーティーの際にも、自著をきちんと読んでくれていた奎吾とは比較的——あれでも——まともに話せていた。ふだんより警戒心は薄くなっているようで、香澄に「どうしよう」と目顔で問いかけてくる。

「……じゃ、ご迷惑でなければ」

「こちらがお誘いしたんですから、迷惑もなにも。どうぞ」

にっこりと微笑んだ奎吾は、香澄が立ちあがるより早く、店のひとに「席はこちらに、いっしょで」と告げる。

(やべ、出遅れた)

マネージャーとして、作家や俳優より気配りが遅いのは致命的だ。しかしとことんそつのない奎吾に謝罪するも「気になさらないでください」とおっとり返され、立場がない。

おまけに奥の四人掛けのテーブルに移動した際、神堂を上座に座らせる気の遣いようで、香澄は内心、舌を巻いた。

「えっと、英さんは、きょうはどうなさったんですか?」

「ああ、ロケ中だったんです。いまは休憩中です」

「もしかして、大塔宮ですか。さっき、なんだか若い女性がいっぱい、いましたけど」

「そうです。今度の春の、特番ドラマで……」

コーヒーがでてくるまでの間、会話しているのは香澄と奎吾ばかりだった。神堂はどうにかにこにこしているけれど、さすがにほぼ初対面近い相手をまえに会話をするスキルはない。

だが、さりげなく奎吾が話をふるため相づち程度は打てたし、途中で香澄が「なに読んでたんですか」と問いかけたことで、流れが変わった。

「あ、これですか。待ち時間の間にと思って」

ブックカバーをはずしてみせた奎吾に、神堂が「あっ」と声をあげる。

「そ、それ、ぼくの……『異《あだ》しの累《るい》』ですか」

「ファンだって言ったじゃないですか」

あらわれたのは、先日パーティーで彼が好きだと言った短編『かささぎ』を収録した文庫だった。かっと頬をほてらせた神堂は、自分の顔色に気づいてあわててうつむく。

「あれ、先生。どうしたんですか」

「いえ、あの、すみません。ちょ、ちょっと……赤面症が……」

神経性の反応で、頬の赤みが異常なほどになることを羞《は》じる神堂は身を縮こまらせていたが、奎吾はほがらかに「気にすることはないですよ」と笑った。

「先生は色が白くてらっしゃるから、それくらいのほうがいいですよ」

「えっ……」

その言葉に驚いたのは、香澄と神堂と同時だった。だが、ほっとしたように微笑む神堂に対し、香澄は内心、おもしろくないものを感じてしまう。

（……それ、俺も言ったぞ、昔）

どっかぶりじゃねえか、と思いながらも、気に病みやすい神堂の気持ちをほぐしてくれたことには感謝も覚える。なんだか複雑になりながら、こくのあるコーヒーをすすった。

「先生の書かれる本は、ほんとにぼく、好きなんですよ。すっごい怖いから夜中にひとりで読んでると、ときどき物音にひゃっとかなっちゃうんですけど」

「そ、そうですか？」

「でも怖いだけじゃなくて、世界観がすごく、こう……うつくしいですよね。だからせつない。言葉のリズム感っていうのかな。そういうのがすごく、ぴったりくる」

さすがに表現を生業《なりわい》にするだけあって、奎吾の言葉はひどく巧みだった。語彙《ごい》も豊富で、香澄にはおよそ考えもつかないような感想を次々と目のまえで並べられ、神堂はますます赤くなっていく。

しかも意外なことに、読書家同士と言うことで、ふだんの神堂からは考えられないほどに話がはずんでいた。

「……え、それじゃ、さっきも取材にいかれてたんですか？　華頂宮邸ってことは『二階堂』の新作でるんだ！　うわ、すっごく楽しみ」

「ま、まだ構想中ですし、でるのは来年とか、もっと、さきかもですが」

「いやいや、待ちますよ。待つのも含めて、本読みの楽しみだから」

意気投合するふたりをまえに、香澄は、ますますおもしろくなかった。

──俺、初対面の兵藤くんがあっさり裕としゃべったって聞いて、悔しかったけどな。

仲井の言葉が頭をふとよぎる。しかも長いつきあいとはいえ、彼は単なる保護者、こちらは神堂の恋人だ。感じる嫉妬の質が違うのは当然で、しかし相手は仕事上、大事にしなければならない映画の主役。

（顔、こわばってきたぞ）

楽しげに話すふたりをにこにこと見守ってはいるものの、香澄の顔はかなり引きつっていた。だが、ふと壁にかかった時計が目にはいったことで、話の切りあげ時に気づく。

「あの、ロケの休憩って、こんなに長くあるんですか？」

「あ……そうだった。ごめんなさい、邪魔したかも」

香澄の言葉に、神堂があわてて頭をさげる。予想に反して、奎吾は鷹揚に「平気です」と言った。

「でも、こちらこそお邪魔しちゃいましたよね。すみません、ロケハンの途中だったのに」

「いえ、それはいいんですけど」

「楽しかったです。あ、……図々しいついでに、ひとつ訊きたいんですけど」

なんでしょう、と答えたのは香澄だった。

「このあたりって、ごはん食べられるとこ、どこかあります？　大塔宮近くのおそばやさんは、きょうは休みで……ここも、ランチは終わっちゃってて」

「え？　ロケって、お弁当とかでないんですか？」

「いや、その手配に手違いがあったみたいで」

なんの気なしに香澄が問いかけたとたん、奎吾の眉が寄り、困ったように頬を掻いた。なにやら事情がありそうだ、とあわてるよりはやく、奎吾が「オフレコでお願いできますか？」と小声になる。

目を見交わし、むろん、とうなずいた香澄と神堂のふたりに、奎吾は顔を近づけた。

「じつは出演者ぶんの弁当が……それもメインのぶんのが足りなくて、ちょっとトラブルになってしまって」

「ああ、それは……」

香澄は以前、ある女優の家庭でハウスキーパーをやっていたことがある。その際に小耳に挟んだが、ロケの最中に食べものの手配がきちんとできていないだけで、現場の空気が悪くなるのだそうだ。主演俳優の弁当が足りないとなれば、スタッフは大目玉を食らう。

しかも単純な手違いなら間に合わせの弁当でも調達すればすみそうなものだが、共演者のベテラン俳優の名前を聞いた香澄は顔をしかめた。

「大河内治朗《おおこうちじろう》さん……って、なんか気むずかしいことで有名じゃなかったですか？」

「気むずかしいというか、プロ意識が高くて、とてもこだわるかたなんです。験担《げんかつ》ぎというか、撮影中は些細なことでも段取りが狂ったり、ミスがあったりすると、すごく気になるみたいで」

やんわりとした言いかただったが、香澄の予想通り、大河内はこの一件でひどく気分を害してしまったらしい。

「それってもう、弁当が問題じゃないですよね」

顔をしかめて香澄が言うと、奎吾は苦笑いでかぶりを振った。

「そうなんです。いまはスタッフが大河内さんをなだめるのに必死になってて。ほかのひとたちも、残った弁当に手をつけるのも……って空気になっちゃったんですよ」

膠着《こうちゃく》した空気はどうにもならず、撮影はむろん中断。怒りまくったベテラン俳優にはスタッフが近場の有名な寿司屋でおごるからと、急遽ご接待する羽目になったらしい。

「大変だったんですね。……でも、英さんはどうしてここに？」

「足りないのはふたりぶんだったんです。誰にどう配分するかでまたこじれるまえに、さっさと逃げたほうがいいかなと思って。ぼくも気分を立て直したいから、外で食事してくるって、わがまま言ってみました」

奎吾は茶目っ気のある顔で笑った。

「抜けだしてだいじょうぶなんですか？」

「ぼくたち抜きのシーンだけさきに撮ってくれるよう、監督と相談して段取りましたから、だいじょうぶです」

へそを曲げた大河内は、奎吾との絡みのシーンで出演するため、相手がいない奎吾も撮影することができないのだそうだ。幸い、ほかの若手共演者たちだけの撮影や、取材などもいくつかあったため、大河内にフォローをいれる時間を作ることは可能だったらしい。

「それで『宮前』っておそば屋さんがうまいって聞いたから、いってみたんですけど、残念ながら開いてなくて。土地鑑もないから、あんまり歩きまわるのも……って感じで、とりあえずコーヒーでしのいでたんです」

はにかんだように笑う彼の性格がいいことを、香澄も認めざるを得なかった。

ぶらりとでてきたふうに振る舞っているのは、足りない弁当をどうすれば……とスタッフに気を揉ませるのがいやだったのだろう。

あまり突っこんだ話をするのも失礼かと、ドラマについての詳細は聞いていないけれど、いまの芸能界で英奎吾が端役扱いをされることはないはずだ。いくら相手がベテランとはいえ、段取りが狂ったのは奎吾もまた同じだ。なのに、なんでもないことのように微笑み、問題となったベテラン俳優についてもけっして悪いようには語らない。

香澄が感心していると、おとなしく黙りこくっていた神堂が、ふんわりとした邪気のない声で言った。

「逃げてきた、なんて言ってるけど、本当は気をつかわれたんですよね？」

「え……」

「英さんは、やさしいですね。大変なのに、誰のことも、怒ってない」

さきほどまでのぎこちない愛想笑いではなく、やわらかな微笑を浮かべた神堂に、奎吾の目が一瞬まるくなったのを香澄は見逃さなかった。

（ちょ、先生、その顔だめ……！）

なんでよりによって、そのかわいい顔を、こんないい男のまえで見せるのか。内心で煮えくりかえっていると、奎吾もまた奎吾で、くしゃりと笑う。

「はは。そんなふうに直球で褒められると、照れますね。ありがとうございます」

さらりと返した奎吾に、香澄は目を据わらせそうになった。

（てかなんでいい雰囲気になってんだよ。しかもふたり並んでると、おもっくそ、お似合いじゃねえかよ！）

繊細な美青年である神堂と、品のいい美丈夫のとりあわせは、悔しいけれども大変目にうるわしい。さきほどは顔がわからないようにとメガネをかけていたが、むしろ奎吾の理知的な印象が強くなっていた。目立たないちいさな喫茶店だからひと目を免《まぬか》れているものの、通常なら半径十メートル以内の女性は全員、彼に釘付けになるだろう。

情けない話だが、じりじりした嫉妬をこらえきれず、香澄は口早に提案した。

「あの、食事されるなら、移動したほうがいいですよ。この辺はあんまり食べる場所ってないですから。しばらく歩かないといけないし。時間、どれくらいあるんですか？」

「えっと……あと小一時間は平気かな。いま撮ってるシーン次第ってとこもあるんですが……」

現在の予定では、共演の若手女優と男性アイドルがメインの場面を撮影しているはずだ。

彼の出番になったら、携帯に連絡がはいることになっている。

「でも、出番ないにしても、英さんは現場にいなくていいんですか？」

「ひとりがまだ経験のすくない子なんで、逆にぼくがいるとプレッシャーだから、現場離れて、適当に時間つぶしててくれって監督に言われちゃったんですよ」

「時間つぶして、って、この寒い日に、外で？」

「いや、まだ街中ですから、こうして喫茶店とかもありますし、ぜんぜん平気です」

NGなどが頻発して撮影が押した場合、共演者はどれだけ待たされるのかわからないらしい。ロケの場合は寒いなかでじっと待ったり、ロケバスで待機するだけ、ということもあるのだと語る奎吾に、神堂はびっくりしたように目をまるくしていた。

「役者さんって、大変ですね……」

「待つことも含めて、仕事ですからね。みんながいいコンディションじゃないと、いいもの作れませんから。本を読む時間ができたと思えば、べつに」

文庫本を手に微笑む奎吾のやんわりした口調には、わがままなベテラン俳優や、NGを連発して足を引っぱる若手に対する皮肉はうかがえない。これが座長の器なのだろう。

（しかし、なんだこの、見た目も中身もスーパーイケメンは）

どこまでもできた男をまえに、ちいさい嫉妬を覚えた香澄が軽く自己嫌悪に陥《おちい》っていると、神堂がとんでもないことを言いだした。

「ねえ香澄、うちでごはん食べてもらったら？」

「……は？」

ぎょっとした香澄がなにか言うより早く、奎吾が「とんでもない！」と手を振ってみせた。

「そこまでご迷惑かけられないですよ。店も、教えていただければ適当に」

「でもここからなら、開いてるお店探すよりうちのほうが近いです。それにきょう、月曜だから」

眉をさげた神堂の言葉に、香澄は「あ、そうだった」と顔をしかめた。

観光地である鎌倉は、土日がかき入れどきであるため、飲食店も月曜日に休む店が多い。

近隣のめぼしい店をざっと脳内で検索したところ、開いていそうな店はほとんどなかった。

「いちばん近い食事処っていうと雪の下の……あーでもあそこ、やってたっけ？　あとはコンビニくらいしか」

「だから、香澄がごはん作れば」

「いや、兵藤さんと先生にご迷惑かけちゃうわけには……」

やいやいと言っているうちに時間はすぎてしまう。困り果てていた香澄が言葉を探しあぐねていると、神堂は大変卑怯《ひきょう》な手にでた。

香澄の上着の裾を掴み、上目遣いでおねだりしたのだ。

「……だめ？　香澄のごはん、いちばんおいしいでしょう？」

（あああああ、この卑怯者……っ）

これで断れるくらいなら、この不思議ちゃんな小説家に、ここまでいれあげてなどいない。香澄はため息をつくと、目のまえで同じくらいに困っている俳優に向け「うちの神堂がこう申しておりますから」と営業スマイルを浮かべたのだった。

＊　＊　＊

「うわっ、これ本当に兵藤さんが作られたんですか！」

「ええ、まあ。さめないうちに、どうぞ」

ダイニングテーブルのうえに並べられた料理を目にした奎吾は、おおげさなくらいに喜んでみせた。

バジルを使ったポークソテーを食べやすい大きさに切り、大きめの丸皿へごはんと一緒にランチプレートふうに盛りつける。つけあわせにはパプリカとキュウリ、トマト、ルッコラをツナフレークであえたサラダに、スープ。

どれもこれも、仕込みがすんでいたり手早くできるものばかりなので、帰宅してから三十分と経たずに完成したわけだが、奎吾は香澄が苦笑するくらいに喜んで食事をしてくれた。

「すっごくおいしい！　ちょっとしたカフェごはんって感じで、プロ級です……あ、いや、プロだったんですよね、失礼しました」

「盛りつけはほんとに適当ですし。あとは皿がいいだけなんで」

ふだん、めったに他人が訪れることのない家だけれども、この住居をすべて手配した仲井のコーディネイトで、来客用の食器やカトラリー類は、なかなかいいものが揃《そろ》っている。

「いや、そんな。謙遜《けんそん》することないですよ！　それに彩《いろど》りもよくて、味もほんっとにいいし。これ、なにで味つけしてるんです？」

「ポークソテーですか？　お酢としょうゆ、ニンニクとかでタレ作っておいて、しょうが焼きの要領で浅く漬けてます。あとは塩コショウとバジルで整える感じで」

「そうなんですか！　どうりで肉自体に染みてる感じ。こっちのスープは？」

「まえの晩に作ったキャベツのベーコン煮の残りに、コンソメをくわえて延ばしたものです」

ひとつひとつの料理に対して質問し、そのたび口にする細かいコメントが、まるでグルメ番組かのように思えるのは、やはり相手が芸能人だからだろう。

「んん、どれもこれもおいしい。すごいな兵藤さん、料理本とかだせますよ」

「あはは。逆ですよ、レシピ本見てアレンジしてたりすることもあるんですから」

「神堂先生がうらやましいなあ、こんなおいしいごはん、毎日食べられて」

ため息をついてみせる奎吾に、香澄も思わず笑った。正直、神堂が妙になついている彼に対して複雑なものはあるけれど、こうまで褒められたら悪い気はしない。

「それに、俺の料理はここ数年で、すっかり先生仕様にカスタマイズされてますから」

「え？」

もくもくと食事をしていた神堂が、驚いたように顔をあげる。

「そ、そうだったの？」

「なに言ってんの、そうですよ」

いまさらの反応を見せた雇い主に、香澄は思わずあきれ顔をしてしまった。

「偏食ひどいから、あれこれ工夫して食べられるようにしたんでしょ。おかげで料理のレパートリーも増えましたけど、先生も食べられるもの増えたでしょ？」

「う、うん」

もじもじしながらサラダをつつく神堂は、以前香澄がこの家にきたころならば、皿のうえのものはほとんど食べられなかった。

だがその偏食のほとんどが、幼いころの偏った食生活と食わずぎらいからきていると知ってからは、キャラ弁づくりに勤しむお母さんほどでないにせよ、見た目もあざやかで楽しい食事を心がけてきたのだ。

ワンプレートに盛りつけるのも、奎吾はカフェごはんっぽいなどと言ったけれど、香澄のなかではこれは『お子様ランチ』だったりする。

「先生、手ぇ止めないでちゃんと食べて」

「はぁい」

「ほらぁ、気が散ってると食欲なくなるでしょう」

なにがおもしろいのか、香澄と奎吾の会話が気になるらしくきょろきょろする神堂は、あまり食事が進んでいなかった。

なんの気なしで注意をしてしまうと、その様を興味深そうに見つめていた奎吾が、不思議そうにつぶやいた。

「……いつも、そんなふうなんですか？」

香澄はぎくりとした。

（まずい、思わずいつものとおりにやっちゃったよ！）

そういえばむかし、逆の立場で仲井と神堂相手に「いちゃついてんじゃねえよ」などと思ったことはある。さすがにこの程度でばれることはないだろうけれど、と身がまえる香澄に、ますますにこにこしながら奎吾が視線を向けてくる。

香澄は思わず雇い主を見やったが、神堂はいまはサラダに夢中なようで、ひたすらもくもくと食べ続けている。これだけ子どもっぽい性格なのだが、箸《はし》使いや所作だけは仲井の薫陶《くんとう》のおかげかきれいなのだ。

むろん、見られる側の人間として訓練を受けた奎吾に比べれば、姿勢が悪かったりはするけれど。それでも、あの英奎吾と並んでいても見劣りしないというのはちょっとたいしたものだと思う。

(うちの先生、やればできる子)

一瞬ほんわりしかかった香澄は、ますます面白そうな目を向けられて焦った。

「そ、そんなふうって、なんでしょう?」

「いや、なんだか兵藤さんって、秘書とかハウスキーパーとかっていうより――」

やはりばれたか。それならそれで覚悟を決めるべきかと固唾《かたず》を呑《の》んだ香澄に、奎吾はさらっと言い放った。

「おかあさんみたいですね」

にっこりと笑う奎吾に邪気は見えないが、そのきれいな顔を殴りたいという衝動と香澄は戦わざるを得なかった。

「……ああ、まあ、そういうところが妥当ですよね」

「妥当とは?」

いえなんでもありません、とかぶりを振った香澄はひそかに落ちこみかけたが、奎吾がどこか意味深な顔で微笑んでいるのに気づき、表情をあらためた。

(なんだ?)

目を見交わしたあと、奎吾は向かいの席で食事をする神堂へとやわらかい視線を向ける。

「神堂先生は、ほんとにかわいらしい方ですよね。……かわいいとか言うのは、失礼かもしれませんが」

「そう……ですか？」

「ええ、ますますファンになってしまいました」

言葉以上の含みを感じ、香澄はかすかに眉をひそめ、空気がぴりっと張りつめた。

（ファンなのはもとから知ってる。なんでそれを、俺に言うんだ？）

眇《すが》めた目をする香澄に対し、奎吾はどこまでも穏やかな笑みを浮かべたままでいる。

見交わした目の奥、なにか香澄をぞくりとさせるものが潜《ひそ》んでいる気がしたけれど、正体を見極めるまえに、奎吾がふっと視線をはずし、神堂に向けて問いかけた。

「ところで先生。このおうち、『蝦女』で読んだ描写に似てるんですけど、もしかしてモデルにされたところ、あります？」

「あ、えっと、はい。あの話は、ここのうちに住んだばっかりのころに――」

とくにわざとらしい話題の切りかえではなかったけれど、なんとなく釈然としないものが香澄のなかに残った。


その後も奎吾は完璧にふるまった。話題も豊富な彼はゲストだというのに場をもたせ、ときには香澄と神堂が声をあげて笑うような場面もあった。

神堂もまた、自身の著作をここまで読みこんでいる――しかも編集でもない相手と話すのは新鮮だったのか、赤くなりながらも懸命に、自著についての話をしていた。

有名な芸能人であるというのにお高くとまったところはなく、誰もがそのあかるい親しみやすさに魅了されただろう。

だが香澄は、なんとなく警戒をほどけないままでいた。

（いいひと、なのはわかる。けど、なんかどうも……）

さらりとこぼれる言葉の端々に、妙な含みを感じるのだ。

めずらしくも神堂が、慣れない人間相手に身がまえるでもなく、愛想よく振る舞っている。そのこと自体はいいことであると思うのに、素直に喜んでやれない自分の了見の狭さにも、香澄は閉口していた。

奎吾の携帯が着信を知らせ、メールを開いた瞬間、彼は残念そうに眉をさげた。

「あ……残念。撮影がそろそろ開始になるそうです」

「大河内さん、ご機嫌なおったんでしょうかね？」

「たぶん。ひとりお気に入りのスタッフがいるんで、うまくなだめてくれたみたいです」

ようやく届いた現場からの呼びだしにより、不可思議な食事会は終わりを告げた。

彼が名残惜しげに「帰ります」と告げたとき、香澄は正直言ってほっとしてしまった。むろんそれを顔にださないだけの良識はある。

「本当に突然おじゃましてしまって。ごちそうになりました」

「いえ……」

玄関先まで見送りにでたふたりをまえに、ほがらかに奎吾は笑ってみせた。

「神堂先生、ありがとうございました。ご本までいただいてしまって」

「いえ、ぜんぜん。献本、いっぱいあったので」

サイン入りの著書を掲げてみせた奎吾に、神堂はまた赤くなって両手を振る。目を細めた奎吾は、そのまま ちらりと香澄のほうへ視線をめぐらせた。

「今後とも、親しくさせていただけると嬉しいです。もちろん、兵藤さんも……ですが」

なにかとってつけたような言葉、含みのあるそれに、香澄はいやな予感を覚える。

「通りまで、お送りしますよ」

「ありがとうございます。じゃあ先生、これで」

玄関先で神堂とは別れ、数メートルの距離にある門までを無言で歩いた。

昭和中期の建造物であるこの家は、間取りこそ広いが、門扉にせよ玄関にせよ、香澄や奎吾ほどの長身ではくぐらなければ通れない。

門のまえで振り返った奎吾は、香澄ににっこりと笑ってみせた。

「ここでけっこうですよ。道は覚えましたし、またうかがうことがあってもだいじょうぶ」

「……申し訳ないんですが、あまり頻繁にこられても、神堂の仕事に障《さわ》ります」

「あなたの気に障る、の間違いではないんですか?」

スマートな仕種で門の外にでた奎吾は、さきほどまでの表情とは打って変わって、ひどく艶冶《えんや》なものをその目にたたえていた。

「あなた、まさか……」

「おつきあいされてるんですよね? ああ、ばらしたりしませんからご安心を」

数センチ低い位置にある切れ長の目が、きらりと光る。おかあさん、などとボケて見せたのはわざとということか。思わずねめつけた香澄に対し、ふわりと奎吾は唇をゆるめた。

「いやだな、そう怖い顔をしないでくださいよ」

「よけいな口をきかれないほうが、いいと思いますけど」

「ぼくはあんまり裏工作とかは得意ではないのですが、使える立場は使います。ただ、将を射んと欲すればまず馬を射よ、って言いますよね?」

にっこりと笑いながら、奎吾は手を差しだしてきた。

「仲よくしていきましょうよ、兵藤さん。お互いのために」

「それは、宣戦布告ですか?」

奎吾は応えず、笑みを深くしただけだった。

(このやろう。余裕ってことかよ)

負けてなるかと握りかえした手に力がこもる。痛そうに顔をしかめた奎吾を相手に「ざまあみろ」などと思ってしまうのはいかにもおとなげなかったけれど、憤りに似たものが腹のなかで渦巻くことだけは、どうしようもなかった。

＊　＊　＊

偶然かつ突然の来訪から数日が経つころには、香澄はいささか自分の心中でのみ起きた騒ぎを反省していた。

いつものごとく、〆切あけの神堂の部屋を片づけている間、邪魔だからとべつの場所に追いやっていた雇い主は、気づけば陽差しのよくあたる居間の縁側で、板張りの床に突っ伏していた。

「先生、ほら。仕事終わったからって、変なところで寝ない！」

「んー……」

最近お気に入りであるフリースの上下に、着る毛布を重ねた神堂は、膝を抱えたまま横倒しになって、スマートフォンを片手にうとうとしていた。

以前はいっさいこの手のものを持たなかった神堂だが、最近ちょこちょことお出かけするようになったため、必要に駆られて入手した。ひきこもっている間のトモダチであり、便利ツールでもあったインターネットやパソコン類に関して、神堂はもともとかなり詳しいらしい。またパズル系ゲームや育て系ゲームは好きらしく、アプリをダウンロードしてはあれこれチャレンジしている。

最近とみにお気に入りなのは、きのこ類を育てて採取するだけの単純なゲームだ。

神堂はRPGやノベル系、シューティングものなどのゲームに興味はないらしいが、パズル系はかなり好きらしく、パソコンでもよくソリティアをやっている。本人いわく「頭でべつのことを考えながらできるから好き」らしい。

「せめて居間のソファとかに転がればいいでしょう」

「ここあったかい……」

「床に転がってると身体痛くなりますよ？」

あきれてみせても聞いている様子はなく、寝ぼけつつも画面をちまちまフリックしている。

香澄はため息をついた。

「先生、寝るなら寝る、なめこ育てるなら育てる。どっちかにしたら？」

「なめこと寝る……」

「わけわからんことを。もうゲームおしまい、寝なさい！」

叱ると「もうちょっと……」と言いながら目をこすった。その姿に、「小学生か」とまたあきれつつ、おかしさをこらえきれない。

（夢中になると子どもなんだからなあ）

神堂は、顔だけは本当にきれいだ。長い黒髪がさらさらとこぼれる白い頬も、眠気のおかげかうっすらとピンク色に染まり、もうすぐ三十になる男と思えないほどにかわいらしい。だがそのきれいな髪も、香澄がどうにか探してきた、あまり客の詮索をしない、個人経営の美容院で整えている状態だし、着る毛布にくるまってうだうだしている様は、大変に行儀が悪い。

（それに較《くら》べて）

ちらりと見やったのは、ニュースを見るためにつけておいたテレビだ。

「――それでは、本日のゲストをご紹介します。ドラマスペシャル『時の共鳴――アンリミテッド』の主役、英奎吾さんと熊井礼未《くまいれみ》さんです！」

朝からテンションの高いアナウンサーの声と音楽が響きわたるなか、拍手に迎えられたのは奎吾だった。これまた朝からさわやかな顔で、すらりとした身体に似合いのスーツで決めている。

「今回は、人気ドラマの四年ぶりの続編ということですが、いかがでしたか？」

「そうですね、ひさしぶりになつかしいメンバーと顔をあわせて、どうなるかなーって思ったんですけど、びっくりするくらい違和感なく現場の空気にはいっていけて――」

芸能ニュースにありがちな、型どおりの質問と返答。それでもあのイケメン顔とあまい声で語られる言葉は、なかなかに説得力がある。

（このひとに飯作ったのかあ）

液晶の大型画面の向こうにいる奎吾は、やはり別世界の人間だという気がして、香澄はなんだか奇妙な気分になった。

パーティーで会ったあと、自宅にまで招いたために、ひどく神堂に近づかれたような気がしていたけれど、あれは単なるアクシデントだったのだとしか思えない。

あの日、ずいぶんと思わせぶりなことは言われもしたけれど、現実に接点などないに等しい。つくづく、あのときの自分が過剰反応だったな、と恥ずかしくさえ思った。

（いままでが、俺はあんまり恵まれちゃってたから、神経質になったんだろうな）

いまどき、メディアの露出もあって当然の小説家。そのなかでほとんど表にでない神堂と、二年もの間、蜜月を堪能できていたから、うっかり油断してしまったのだ。

神堂がどれだけかわいくてきれいで魅力的でも、この家のなか、そしてごく限られた行動半径でしか動こうとしない彼は、当然ながら新しい出会いなどほとんどない。大抵は香澄の知人友人らに紹介するだけで、そちらはあくまで自分のテリトリーの人種だけに、さほど心配することはなかった。

おかげで――自然と、『このひとは、俺のもの』という認識ができあがりきっていて、よもやまったくの別世界から、神堂の気を惹《ひ》こうとする人間がでてくるなどと、考えたことすらなかったのだ。

（取り越し苦労ってやつだな、うん）

如才なくインタビューを受ける奎吾の姿を横目に、掃除機をかける。すると、寝ているとばかり思っていた神堂が、腹這いのまま肘《ひじ》をついて身体を起こし、スマートフォンをいじっているのが目についた。

「先生、寝ないの？」

「ん？ うん。メールの返事、書いてから」

その瞬間よぎった予感に、香澄ははっとなった。

「えっと、メールって……野々村さんとか仲井さんから、じゃない、よね」

「うん、英さんから。最近よく、メールくれるんだ」

「いつメールとか教えたの⁉」

ぎょっと目を瞠った香澄をよそに、眠そうな顔の神堂がちまちまと画面を操作していた。

だが声の剣幕に驚いたのだろう、長い睫毛《まつげ》をしぱしぱとしばたたかせたのち、小首をかしげた。

「……言ってなかったっけ？」

「聞いてないよ！」

「えっと、この間、うちに英さんがきて、香澄がごはん作ってるとき」

いささか気まずそうに言った神堂に、香澄は啞然とした。

（あの先生が、俺を通さないでほかの人間とメール？　しかもこんなまめにやりとりするとか、なんで!?）

マネージャーの立場としては、うかつに連絡先を教えるんじゃありません、とたしなめるべきなのかもしれない。だが、アドレスを教えるどころの騒ぎでは、そもそもないのだ。

奎吾を自宅まで招き、香澄に手料理を振る舞えと言ったのも神堂だった。

（そりゃ、交友関係拡げろって言ったのは俺だけど、でも……）

ご近所づきあいすら微妙な人見知りのくせに、なにもかもすっ飛ばして、いきなり芸能人とメル友状態だ。いや、もとから常識外の生き物である神堂だから、『ふつうは』という話をしても意味がないのはわかっているのだが。

いままでの彼には絶対にあり得ない行動をとる不可解さに、香澄は驚くとともに妙な胸騒ぎを覚えた。

「え、っと。どんな話してるの？」

「最近読んだ、本とか……あと映画の話、とか。あ、なめこも英さんに勧められた」

読書家の奎吾と神堂は、先日訪れたときにも小説の話で盛りあがっていたけれど、どうやら好きなゲームや本の趣味も似ていたらしい。

「お勧めしてくれる本、けっこうおもしろいんだ。ぼくがいままで読んだことなかったジャンルのものとかも教えてくれるから、勉強になるし」

「読んだことなかったって、どういう？」

問いかけると、神堂はちょっと考えこむようにして口をつぐみ、じっと香澄を見た。その頬は、うっすらと赤く染まっている。赤面症の反応ではなく、照れたとき特有の淡い桃色。この顔色は、香澄がいるときだけしか見えないといいのに、と思う、かわいい色だ。

「……笑わない？」

「笑わないよ。教えて？」

内心ではやきもきしているのに、眠そうな顔で小首をかしげる神堂を見ていると、自然に顔がほころんでしまう。

「えとね、……絵本とか、児童書。じつは、あんまり読んだことなかったんだ……きれいな絵がついたの、いろいろ教えてもらって」

そのことのなにが恥ずかしいのかわからなかったけれど、耳まで赤くして神堂はもじもじと足先をこすりあわせている。

香澄は微笑ましく思うのと同時に、なんだかせつないものもこみあげてきた。

（そっか。あんまり子どものころ、親にかまわれなかったから）

神堂は相変わらず自分のことを語るのはうまくなく、過去のいきさつについては仲井の話でしか知らない。しかし、敏腕編集者から漏れ聞いた神堂の両親の性格からいって、子どもにいかにもかわいらしい絵本を買い与えることはなかっただろうと想像できた。

ある意味保護者代理であった仲井にしても、知能指数の高い神堂が小学生のころ、高等数学を教えておもしろがっていた口だから、そういう情緒的なものを見せようという発想があったかどうか。

しかし、それでも多少の疑問は残る。

「英さんは、なんで絵本とか勧めてきたんだろ？」

三十代のイケメン俳優と絵本がつながらずにいると、神堂があっさりその答えを提示した。

「海外の児童文学が原作になった、アニメ映画のアフレコしたんだって。それでいろいろ読むようになったら、おもしろかったんだって」

「あ……なるほど」

演技達者で美声の奎吾は、声優もこなすらしい。とことんマルチな男だと思っていると、ころんと寝返りを打った神堂が窓の外を眺めながらつぶやいた。

「絵本とか、いままで意識してなかったせいか、買おうと思ったことなかったんだよね。ぼく、本屋さんにはいかないし」

「ああ……ネットで検索すると、必要な本しかでてこないしね」

書店にいったとき、うっかりあちこち眺めていて目的外の本を手に取ったり、思いがけないジャンルの本が目についたり、ということはままあるだろう。だがネット書店の場合、まずさきに『欲しいモノ』があって購入するか、検索条件を絞りこみ、同じような種類の本から選ぶか、というのが大半だ。最近はお勧め機能がついていることも多いが、それも検索された書籍の関連タグからランダムに選ばれるため、たとえば資料用の実用書を購入した際に、子ども向けの本がお勧めとしてあがってくることは、まずない。

「あたらしい出会いって、あんまりなくて。ひとと会うのは怖いから、それでもいいって思ってたけど、本とか、モノとかも、そうなんだよなあって、思ったんだ」

その言葉を聞いたとき、香澄は嬉しく思うと同時に、なぜか胃の奥がぞろりとうごめくのを感じた。

それが顔にでてしまったのだろう。

「どうしたの?」

他人事には興味がないくせに、香澄の表情だけはすぐに読む神堂は、転がっていた身体を起こした。「いや」とあいまいに笑ってみせたけれど、恋人はごまかされてくれない。

「香澄、なにか気に障ること言った?」

「ううん。先生も成長したなあと思って。最近、ほんとに仕事もがんばってるし、ここんちにきたときとは別人みたいだし」

それを寂しいなどと思うのは、身勝手だと重々わかっている。そもそも外にでろ、ひとと話せと口を酸っぱくして言い続けたのは香澄のほうだ。彼がじっさいに『そうなった』ことは喜ぶべきなのだ。

けれど、さきほどテレビを見たときに笑い飛ばせたことが、いまはもう笑えない。

その相手が、誰あろう、英奎吾だからだ。

——将を射んと欲すればまず馬を射よ、って言いますよね？

——それは、宣戦布告ですか？

（馬、射てねえじゃんよ。のっけで大将獲りにきてんじゃんよ。なんだそれ！）

それとも本やゲームの話をすることが『馬』というわけなのだろうか。

「……香澄？」

「あ、なんでも……」

心配そうに小首をかしげられて、香澄は反射的に笑った。我ながらぎこちない表情だとは思ったけれど、そうするしかなかった。

メールを終えて、ゲーム画面に戻ったのだろう。ほっそりとした手のなかでは、ぴこぴことアニメーションするきのこの絵が見えた。それを見て、香澄は言いたいことをぐっと呑みこむ。

世界にたいして閉じきっていた神堂が、香澄の勧めでもなく、仲井の紹介でもなく、自分からつながりを持ちはじめている。楽しみのいくつもを、教えてもらっている。

（たぶんそれを、俺がまた閉じちゃ、だめなんだ）

狭い心と嫉妬で、臆病な小説家のせっかく開いた窓を閉ざさせることだけはできない。

幸いにして——というべきか、とにかく恋心にはとことんうとい。なにしろ指摘するまで仲井にたいしての初恋を自覚すらしていなかったくらいだし、いまの関係についても、香澄が相当に強引なアプローチで持っていった経緯がある。

やけくそもあった。振り向かれるまで待てなかった。きれいで不器用な雇い主をどうしてもほしくて、さらうように抱きしめたあのときの気持ちはいまも変わっていない。

同時に、仲井の結婚を知って傷心だった彼に対し、自分でいいなら、お母さんにでもなんでも、彼を護れるすべてになってあげたいと考えた、無私の思いもまた、たしかにある。

「裕」

「ん？」

掃除機のスイッチを切った香澄は、神堂のまえにしゃがみこんだ。

「好きだよ」

きょとんとなった神堂は、その後じわじわと頬を赤らめたあと、嬉しそうに笑う。

「うん、ぼくも」

香澄だけを特別だと思ってくれている、あのあまい視線で見つめられ、すこしだけ不穏な予感にささくれた心がなだめられた。

さしだした手をなんのためらいもなく握ってくれる。ここまでくるのに、香澄も本当に努力したし、神堂もたくさん、がんばってくれた。

——気を許しすぎないで、近づかないで。

本当は言いたい言葉を喉の奥に押しこめる。言えばきっと、神堂は奎吾を避けるだろう。無条件に、香澄の言うことを呑みこむ彼に、それだけはしてはいけないと思った。

（俺が信じて、見ていてあげなきゃだめなんだ）

あれだけ話術も巧みで、人生経験も練れていそうな男だから、神堂をまるめこもうと思えばできるのかもしれない。

しかし、いささか癪《しゃく》だが、奎吾が紳士なタイプであろうことは本能的にわかっているし、神堂もまたけっして攻略が簡単なタイプではない。

だからいまはぶれないまま、神堂の意志を曲げないよう、見守るしかないのだろう。

「キスしていい？」

「うん」

ささやきながら唇を近づけると、素直にまぶたを閉じる。長い睫毛に、頬に、そして唇にキスを落として、額《ひたい》をくっつけたまま、ふたりでくすぐったい笑いをこぼした。

「でね、先生。寝るならちゃんとお布団敷くよ。干しておいたから、ふかふかだし」

「んん、いい。ここにいる」

まだなんとなく眠たそうな神堂に小言めかしたことを言うと、彼はふるふるとかぶりを振った。そして握った手を、意味なくゆらゆらと揺らし、ふわりと微笑みながら息の根を止めるようなことを言う。

「香澄のこと見てたいから、ここでいいよ」

「う……」

きゅん、というレベルではなく、本当に心臓が痛くなった香澄は思わずかげんも忘れて神堂の手を握りしめ、「痛い！」という悲鳴をあげさせてしまった。

「あ、ご、ごめんね」

「いいけど……洗濯機、タイマー鳴ってるよ」

手を離すと、かすかに赤くなった指をぷらぷらさせながら神堂が指摘する。我に返った香澄は、ひとまずは自分の仕事をせねばと立ちあがった。

「でもほんとに眠いなら、布団ね！」

振り向きざま言い置くと、神堂は「はあい」と口だけはいい返事をして、また縁側に転がった。

＊　＊　＊

仕事あけの疲労と、ぽかぽかとした陽差しのおかげで眠気の去らない状態だった神堂は、忙しなく去っていく香澄の足音に耳をすませる。

手のなかにある電子機器が、くすぐるような振動とともにメールの着信を知らせた。

【番宣、見てくださってたんですね。ありがとうございます。BGMの音楽が気にいったとおっしゃっていたので、今度サントラのCDお送りしますね】

奎吾にさきほど【テレビ見ました、ドラマがんばってください】という簡単なメールを送ったのだが、それに対する返信だった。神堂は、誰も見るひとがいないというのに周囲を見まわし、ほんのすこしだけ眉を寄せ、ほんのすこしだけため息をこぼす。

（メールの返事って、どこで止めたらいいんだろう……）

香澄も驚いていたけれど、じつのところ奎吾とメル友状態になっていることに、もっとも戸惑っているのは神堂だった。

いままで、こういうツールで他人と関わったことがないため、どこまで返事を続けていいのか、やめていいのかすらわからない。というよりそもそも、ツールがあろうとなかろうと、人間関係自体をほとんど構築できたためしがないのだからしかたない。

世間の流れについていけない自覚はある神堂だが、ネットも見るし本も読むため、世の中のひとびとが携帯メールでこまやかなコミュニケーションをとっていることくらい知っている。

じっさい、作中のキャラクターで、このガジェットを自然に使いこなすキャラクターも書いたことはある。だがいざ、自分にそういうものが飛んでくると、ものすごく大変な気を遣うシロモノだということだけがのしかかってきた。

これでも文筆業であるから、文章を構築するのは得手なはずだし、しゃべるよりも書くほうがずっと自分の気持ちを伝えられると思っている。仕事相手である野々村とも、やりとりはほとんどメールだ。

しかし、仕事で頻繁に使うEメールと携帯メールでは、本質的に違うようだ。むろん例外はあるだろうが、前者は要点をまとめて伝えるためのもの、後者はたわいないおしゃべりに似た言葉を行き交わせるためのものであるらしいと、神堂は奎吾とのやりとりをするようになってから、あらためて認識した。

なにしろ、朝には【おはようございます】、夜には【おやすみなさい】のメールがくる。そういう使用方法があると知ってはいたが、奎吾とのやりとりでじっさいにそれがきたとき、とてつもなく戸惑った。

(顔見てないのに、なんで挨拶するんだろう。それに英さんは、なんでぼくにこういうメールを送ってくるんだろう?)

いっそのこと問いかけたかったが、できなかった。自分がまったく空気を読めない人間であるうえ、世間の常識とずれているのも重々承知しているし、心にわいた疑問をそのままぶつけた際、大抵の人間には失笑されてきたからだ。

神堂にとって、素のままの自分でいられるのは、いまだに仲井と、そして香澄のふたりだけと言っても過言ではない。

たとえば香澄の友人など、彼らの周辺のひとびとにも受けいれられているが、それはあくまで『天然で変わり者の小説家さん』としてのフィルターをかぶせたうえのことだ。

卑下しているわけでもなんでもなく、自分自身が世界からちょっと浮いた場所にいるのはわかっているし、理解しやすい立ち位置に置かれてすむのなら、それでいいとも思っている。

ひとと関わるとき、神堂はいつも手ざわりのようなものを感じる。たとえるなら、強い風圧に手のひらをさらしたときに感じるような、見えないクッションと似たようなものだ。

大きな見えないかたまりがたいていのひととの間にはあって、神堂はその、さわれないけれども存在するなにかの内側へは、近づいていけない。

いまだに理解しあえることのない両親や、幼いころつまはじきにされた子どものコミュニティでは、とんでもなく分厚い壁となって立ちはだかっていた。

仲井にもそれがまったくないわけではないのだが、ごく薄いベールのような感じだ。ときたま壁が厚く感じることがあっても、大抵は通り道を作ってくれていた。不思議な年下の子どもへの好奇心と興味、それから保護者としての情が、神堂にとって仲井にふれることを『許された』と感じるための、道しるべだった。

香澄はそれが、ゼロだった。出会ったときから、どうしてか彼にだけは、さわれない壁がなかった。ただ金色でぴかぴかしていて、とてもまぶしかったことだけ覚えている。

香澄とはじめて手をつないだとき、指紋というのは感触としてわかるものなのだ、とびっくりした。自分の手をあわせても意識したことすらないのに、すこしざらっとした香澄の手があまりにも剝きだしに感じられて、恥ずかしくてくすぐったくて、嬉しかった。

彼にふれられると、どこかいつも頼りない足下が、ちゃんと地面についているのだと思える。失うことを思えば、いつもの強迫観念じみた妄想以上に怖いとすら感じるくらいだ。

そして――よくわからないのが、奎吾だ。

見えない壁のようなもの、これがほかのひとに比べて、薄いことは理解できる。けれども、どこかに違和感があって、それがなんなのかわからない。

好意的に接してもくれるし、忙しいなか、コミュニケーションをとろうとしてくれているのもありがたいことだとわかる。仕事に絡んでいる相手でもあるし、趣味の話も楽しい。嬉しくないとは言わない。

(でも、なんだろう)

フォルダを開いて、何度も奎吾のメールを読み返した。

【先日は急におじゃましてしまって、申し訳ありませんでした！　とても楽しい時間をすごさせていただきましたが、先生のお仕事の妨《さまた》げにはならなかったかと、調子に乗ったことを反省しました。兵藤さんも突然の闖入《ちんにゅう》者に、困惑されていたかと思います。お詫び申しあげていたと、お伝えください】

食事に招いた日の夜、はじめてきたメールだ。とても丁寧な言葉で恐縮していて、神堂のほうが逆に申し訳なくなったくらいだった。

あのとき、たしかに香澄は、神堂らしからぬ行動に戸惑ってもいた。あとで、よけいな仕事を増やしてごめんと謝ったら、気にしていないと笑っていたけれど、ちょっと無理しているのはわかった。

【お礼と言ってはなんですが、今度お会いしたときには、ぼくにご馳走させてください。よろしければ、兵藤さんもぜひ。おふたりともとても楽しい方々で、もっと話してみたいと思っています】

礼などいらないと丁寧に断ったが、奎吾の気がすまないと言われた。しばらくメールで遠慮しあった応酬になり、その件は棚上げになっている。

そしてじつのところ、メールの翌日には、自宅にではなく編集部あてにお礼の品が届いていたのだが、神堂は仲井にひとつのお願いをしていた。

――英さんからの荷物、誰からきたのか、わからないようにしてうちに送ってほしい。

訝《いぶか》って当然のお願いだったけれど、仲井はいつものようによけいなことは言わず、ただ「わかった」と言っただけだった。というよりも、あの年上の幼なじみには、奎吾と香澄の間に流れる奇妙な緊迫感などとっくにお見通しだったのだろう。

――まあ、英奎吾からのプレゼント、なんつったら、兵藤くん妬いちゃってしょうがないだろうしねえ。

電話口でおもしろそうに言った仲井に、神堂は黙って眉をさげるしかなかった。

お礼状は神堂のほうからきちんと送ったし、またメールでも礼を告げてある。失礼なことはなかったと思うのだけれど、なぜか心に引っかかっている。

(ほんとは、メールきてるっていうのも、言うつもりなかったのに)

あんまり眠くて、ぼかぽかしていて、気づいたら口からこぼれていた。なにより、香澄があして詮索めいたことを言うのもめずらしかったから、本当にうっかりしてしまった。

(香澄、英さんのこと、苦手みたいなのに。言わなきゃよかった)

奎吾とのやりとりは、香澄に言ったとおりのもので、なにひとつやましいことなどない。それなのに気まずさを感じるのは、奎吾のメールを読むにつけ、香澄にたいして好意的な感情しか伝わってこないからだろう。

彼は、メールのなかに頻々《ひんぴん》と香澄の名をだし、いろいろと気遣ってもくれている。たとえば、先日おもしろい本を見つけたという話のついでに、趣味はなんだという流れになると、

【そういえば兵藤さんはサーフィンをされるんですよね? ボードが立てかけてあったので。いい板でしたね】

——と、自身も波乗りが趣味だと書いてきたりする。

またあるときは、手作りだという夕食の写メールを送りつけてきて、

【この間いただいた、兵藤さんのごはんがあんまりおいしかったんで、真似してみました。ちゃんとレシピ教われればよかったかも。でも、適当にやったわりにはいいできでした！】

――などとコメントを添えてくる。

毎日、というほどでもない。けれど二日以上はあかないペースで届き続けるメールは、やりとりがはじまると最低五通は交わされる。その一連の流れで、香澄の名前がでなかったことは、じつのところ一度もないのだ。

本日届いたばかりのメールにもまた、香澄の名前はでてきた。

【今度のクランクインパーティー、おふたりでいらっしゃるんですよね？　兵藤さんにも、ぜひきちんとご挨拶がしたいと思っています】

しみじみと、気遣いの行き届いたひとだと思う。

香澄は、自分でも言うけれどあくまで裏方であり、たとえば野々村などとのやりとりでは、彼の名前をだされる場面はほとんどない。神堂風威の、マネージャー兼ハウスキーパー。それは世間的には、あまりはっきりした存在ではないし、いちいち気遣う人間がすくないというのは、神堂にもわかっている。

先日のロケの一件でも知っていたが、スタッフである香澄に気を配ってくれる奎吾は、とてもできた人間であり、そのことについて神堂も嬉しいと思っている。

（なのになんで、ぼく、内緒にしようとしたんだろう……？）

本当ならば、奎吾が気にかけてくれていることを、香澄に伝えるべきなのかもしれない。なのにどうしてか神堂は、香澄に打ちあけることができなかった。言いたくない、と思ってしまったのだ。

香澄を不愉快にさせることを神堂はしたくないとは思う。さりとて、なにも悪くない奎吾を無下《むげ》に扱うこともできなくて、メールのやりとりを続けてしまっている。

（ぼくは、まちがえたのかな）

メールの相手についてうっかり口を滑らせた一瞬、香澄は顔をしかめていた。理由はよくわからないけれど、先日の食事以来、香澄がどうも奎吾にたいして警戒心があるらしいことくらいは、神堂にも察せられている。

だが香澄の性格上、仕事上のつきあいであれば、多少気にいらない相手とはいえ、口出しをしたりはしないはずだ。そしてじっさい、どんな話をしているのと、いつものようにやさしく問いかけてきただけだった。

（問題とか、なんにもないはずなんだけどなあ）

ころんと転がったまま、神堂は窓から空を見あげる。

冬の晴れ間、穏やかに流れる雲の隙間からやわらかく射す午後の光に、またうとうとしはじめた。そして疲れた身体は睡魔に引きずられていってしまう。

このことは、もっとちゃんと考えなければいけないことのような気がする。けれど眠くて眠くて、すこしも頭が働かない。

「……ああもう、やっぱり寝てるよ」

あきれたようなため息とともに、身体がふわりと浮きあがった。うっすら目をあけると、苦笑した香澄が神堂を抱えたまま寝室へと歩いていく。

ゆったりとした歩幅で進む香澄の腕のなか、ゆらゆら揺れる。この安心感はまるで、ゆりかごだ。自分だけの、ふわふわのゆりかご。手放したくない。そう思ってなにかがひらめいた気がした神堂は、眠気で重たい口を開く。

「あのね、かずみ……？」

「なあんですか」

「ぼく、あのね……」

やさしい、やさしい声の持ち主に、なにかを言わなければいけないように思えた。けれど白く塗りつぶされていく意識はあっという間に散漫になり、わかったはずのことすらすぐ、見失う。

「黙って、寝てていいから。お疲れさま」

どこまでもあまやかしてくれる恋人の声がとどめをさして、神堂はそのまま完全に眠ってしまった。

目を覚ますころ、一瞬わかりかけたなにかは、もはや届かない場所にいると知りながら。

＊　＊　＊

表面上、なにごともないまま月日は流れ、いよいよ『見捨てられた街』のクランクインパーティーの日が訪れた。

（今年はよくよく、パーティーづいてるなあ）

またもや苦手なネクタイに首を締めあげられ、息苦しさを感じて香澄は目を眇める。

これまた都内某所の有名ホテルの一室だが、先日の新春会よりさらに規模はでかく、しつらえも派手。テレビで見たまんまの華やかさに圧倒され、居心地の悪さは比較にもならない。

なにしろここに集《つど》っているのは、見わたす限り芸能人か業界人だらけだ。それにくわえて、著名な監督にスタッフ、撮影協力の市議会議員に後援団体、協賛会社のお偉い面々、むろん白鳳書房の社長以下、上層部や編集もいる。

作家の集まるパーティーも独特の雰囲気があったけれど、派手さや押しだしが根本的に違いすぎる。

（なじめねえ……）

すでにお偉方の挨拶や主役のコメント、囲み取材など、テレビでよく見かける場面は終了して、いまはなごやかな歓談タイムだ。

メディアにでるのを極力避けたい神堂は、途中からこっそりと参加することになった。スタッフにまぎれられるよう、目立たないような格好で訪れた。取材する側にも、『原作者に関しては、出版社の許可なく取材をしないよう』念を押してあるらしい。

とはいえ、いくらメインの取材は終わったとはいえ、会場のあちこちにカメラは設置されているし、テレビのレポーターらしい人物もうろうろしているので、気は抜けない。

（まあ、この格好なら、ぱっと見誰だかわからないだろうけど）

この日の神堂は、ニットのセーターにカーゴパンツと、パーティーには似つかわしくないラフな服装だ。フレームが厚いだて眼鏡をかけ、長い髪も目立たないようにまとめて、帽子のなかにたくしこんでいる。

逆に香澄がスーツでいるのは、仲井曰く睨みをきかせるため、らしい。

「きみ、スーツでむっとした顔してると、ほんとに近寄りがたいからねえ。マネージャーっていうよりも、シークレットサービスみたいだよね」

どこまで本気かわからない男に香澄はあきれ笑いを漏らしたが、神堂はまったく余裕もないらしく、会場にはいってからずっとうつむいたままだ。

「先生？」

「なんか……テレビで見たひとばっかり、だね」

わかってたけど、とつぶやく声は消え入りそうで、香澄はそっと眉をひそめた。

先日の新春会では、ここまでの緊張はみせていなかった。おそらく、この場でもっとも注目を集めるのが、英奎吾についで、自分だとわかっているからだろう。

最近、出版社主催のパーティーにならば顔をだせるようになった神堂に理由を訊ねてみると、こんな答えが返ってきた。

——あそこならベテランの先生も多いし、みんながみんな、有名だから。ぼくがおとなしくしてれば、あんまり注目されないって、わかったし。

映画化の話題があったにせよ、ほかにも似たような仕事ぶりの作家は多数いるため、自分ひとりに視線が集まるのは、そう長い時間ではない——それが神堂の言い分だった。

むろん、彼なりに限界まで、無理をしたうえでの話にはなるけれど。

(でもきょうは、完璧にメインだもんなあ)

なにしろ、ある意味最強の権利を持つ原作者だ。『おさわり禁止令』がでているから、皆遠巻きに見ているだけだけれど、本来ならいっせいに囲まれてフラッシュを焚かれまくっていてもおかしくない。

だが——いまどき怖いのは、携帯カメラの存在だ。長身の仲井と香澄で左右を、背後は野々村で固めているのは、真正面以外に神堂の顔が見えないようにとの配慮でもある。

「……仲井さん」

「ああ、うん」

神堂の姿に気づいたらしい誰かが、さっと携帯を掲げるのが見えた。香澄は大きな身体でかばうように立ち、仲井が壁際の目立たない位置へと神堂をうながした。

「……ああいうの、注意とかできないんですか?」

ささやくような声で香澄が問えば、「無理」と仲井はかぶりを振った。

「へたに言うとムキになったりするしね。こちらを写すつもりはなかったとか言われたら、面倒になる。おそらく取材陣じゃ、ないしね」

現在、白鳳書房の専属となっている『神堂風威』の契約により、すべてのメディアに顔だしは禁じられている。必要があって雑誌等に写真を掲載する場合でも、絶対に首からしたか、もしくはうしろ姿のみ、という文言まであった。

むろん私生活についても探りをいれることはいっさい許されず、たとえこうした場に顔をだしても、ぜったいに直接の取材は禁止だ。

こと今回の映画に関して、白鳳書房は版権を持っているうえに製作委員会の幹事会社でもある。資金提供する側は、とことん強いのだそうだ。なにより取材陣のひとつである情報雑誌の版元でもあるので、ある程度の睨みが利くから、神堂を脅かすことはないと言われている。

それを破った場合、白鳳書房からなんらかの措置《そち》をとることまでひっくるめての契約であり、それがいままでの神堂をずっと護ってきた。

（でも……）

隣にいる神堂をちらりと見おろした香澄は、こっそりと眉を寄せる。

（いくら取材拒否って言っても、こんな場所に連れだしちゃあ、意味ないんじゃないのか）

どう見ても、神経過敏な雇い主はこの場を嬉しがってはいないし、いま到着したばかりだというのに、すぐにも逃げ帰りたいという顔つきだ。

「先生、だいじょうぶ？」

「う、ん。お仕事、だし。まだ英さんにご挨拶も、してないし」

とんでもなくこわばった声を発した神堂に、ますます心配になった。

「とりあえず、もうちょっとだけがんばれ、裕」

右を仲井に、左を香澄に囲まれた状態で、神堂は「うん」と弱々しくうなずいてみせる。

「野々村さん、申し訳ないけどなにか、飲みものもらってきてくれますか。血糖値あげたいんで、くだもののジュースとか。あとできれば、あまいもの……」

「わかりました」

香澄の指示に緊張気味にうなずいて、野々村はビュッフェテーブルのほうへと去った。

大きな柱の影、壁にそって置かれた休憩用の椅子に座らせた神堂の手は、かすかに震えて冷たくなっていた。顔色もまた青白く、香澄は顔をしかめたが、それに気づいた仲井もしぶい表情になった。

「ちょっとまずいなあ。だいぶひとのいる場に慣れたと思ってたけど、むかしみたいになっちゃってる……」

以前の神堂はいま以上に対人恐怖症がひどく、パーティー会場にはいる直前で気絶したことすらあったという。それに比べれば、ここしばらくは格段に進歩したと言えたのだが、やはりマスコミ陣が大量にいるこの場所は、ハードルが高すぎたようだ。

「どうする、兵藤くん」

「どうって……」

判断をふってきた仲井に、先日のパーティーで言われたことがよみがえる。

――マネージャーなんだから、こういう場面も含めてフォローしなくちゃ。

それはこういう場で、神堂の立場を悪くさせず、なおかつ彼のメンタルも痛めずに場を切り抜けろという意味だ。

なぜだか仲井はこのところ、最初から無茶とわかっている企画に引っぱりこんで、途中から手を離すような真似をする。以前から底意地の悪さは感じていたものの、どうも最近輪をかけて腹が読めなくなっている。

(無茶ぶりしやがって、このオヤジ)

いろいろ言いたいことや問いただしたいこともあるけれど、いまは神堂のコンディションがいちばんの重大事だと、香澄はなんとか気持ちを切り替えた。

「先生、だいじょうぶ？　どうする？　帰る？」

跪《ひざまず》いた香澄が神堂の顔を覗きこむと、なにかをこらえるようにぎゅっと唇を噛んでいた。

うなずくことすらできない状態を見て、香澄は仲井を振り返る。

「だめっぽいです。仲井さん、申し訳ないですけど、きょうはこれで――」

「――そんな、困ります！」

うしろから聞こえた声に振り返ると、そこにはジュースのグラスと、皿に盛ったチョコレートを手にした野々村が眉をひそめていた。

「きょうは原作者の先生がくるってことで、後援会長もわざわざいらしたんですよ？　うちの社長だっているし、せめてひとことだけでも、挨拶くらい」

小声ではあるが、あせったように話す彼女の顔はいささか引きつっている。香澄は一瞬かっとなり、険しい顔で立ちあがろうとしたが、その腕を、細い指がそっと押さえる。

「ごめんなさい。ちょっと具合が悪くて立てないので、もうすこしだけ、待って……」

息が浅くなっている神堂は、つっかえつっかえ青ざめた顔で言った。野々村はさすがにそれ以上を言えず「それは、むろん……」と口ごもる。

「香澄、ジュース」

「ああ、うん」

震える手で受けとった神堂に、香澄はいらだちをこらえきれなかった。

「先生、無理しなくてもいいよ。帰ろう？」

グラスに満たされたリンゴジュースを半分ほど飲んだ神堂は、大きく息をついてかぶりを振る。

「いいんだ。お仕事だもん。それに、約束してたし」

「約束って——」

いったい誰と。問いかけて、すぐに香澄は思いあたった。

「英さんのこと？」

低く問いかけると、神堂はうなずいた。こんな状態で約束もなにもあるか。そう言いたいけれど、腕を握りしめてくる細い手の力に黙るしかない。

「ぼく、ちゃんとしたいんだ。お願い……」

すがるような目で見られて、否《いな》やを口にできるわけもない。ため息をついた香澄は「わかりました」と言うしかなかった。


幸い二十分もすると、神堂の貧血症状はおさまってきた。だが顔色は依然悪いままで、どうしたものかと思っていたところ、話を聞きつけたのか奎吾が心配そうに近づいてきた。

「先生、具合悪くなったんですって？　だいじょうぶですか」

「はい、あの、ちょっと休んでいれば平気です。あ、座ったままで、ごめんなさい……」

ふらふらしながら立ちあがろうとする神堂の肩に手を置き、奎吾は「いいから、そのまま」とやわらかな声で言った。

「お仕事、無理なさったんじゃないですか？　ぼくが、絶対きてください、みたいに言ったから……申し訳ありませんでした。メールとかも、じゃまじゃなかったですか？」

「いえ、そんなこと、ないですから。気にしないで」

とんでもない、と力なく微笑む神堂に、痛ましげな目を向けた彼は「そんな状態のときに、悪いんですけど」と声をひそめる。

「監督が、ご挨拶だけでも、って仰《おっしゃ》ってるんですけど……兵藤さん、どうしましょう？」

いまこの状態で、どうもこうもない。そう言いたいのをこらえて、香澄が目顔で問うと、神堂はかすかに微笑みながらうなずいた。

「……先生は、自分からご挨拶にいけないのを申し訳なく思ってらっしゃることだけ、伝えていただけますか？」

「ああ、もちろんです。ちょっとだけ待っていてくださいね」

相変わらずフットワークも軽く、奎吾は監督を探しにいった。スタッフに呼びつけさせるような真似をしないあたりは好感度が高いけれど、あの英奎吾に頭をさげられてしまったおかげで、断りにくいことこのうえない。

「メール……って、先生、英さんといつの間にそんな？」

複雑な内心を顔にだすまいとする香澄の横で、野々村が驚いたような声をだす。代わりに応えたのは香澄だった。

「先日、ロケで鎌倉にいらしたとき、たまたまお会いしたんです。で、そのときからメル友になってらっしゃるようで」

まだ長くしゃべる気力は戻らないらしく、神堂はかすかにうなずいてみせるだけだった。

すこしだけ香澄の溜飲をさげたのは、隣にいた仲井があの日の香澄と同じほどには衝撃を受けたようで「へえ……」と言ったきり、しばらく絶句していたことだ。

「驚いたな、裕がメル友ねえ」

そこでわざわざちらりと、香澄を見る必要はないだろう。あえて無視したまま、まえだけを見ていると、ほどなく、監督とスタッフ、そしてなぜかお偉方まで引きつれた奎吾が戻ってきた。

「ちょうど、皆さん集まっていらしたので……」

「先生、おかげんだいじょうぶですか？」

「ずいぶんお若いかただったんですねえ。体調がお悪いとか」

奎吾はいったいどういう話をつけてきたのか、本来ならばこちらから出向くべきお偉方も、気分を害することなく神堂をいたわり、短い挨拶のみで去っていった。むろん隣では、野々村や仲井が如才なく話をさばき、香澄も代理として受け答えをするなどフォローもいれたが、予想よりもかなりの短時間ですんだのは、間違いなく奎吾の根回しがあったためだろう。

お偉方を見送り、香澄はほっと胸を撫でおろした。そして奎吾へと頭をさげる。

「すみません、英さん。助かりました」

「気にしないでください。今回のホストはある意味、ぼくらですから。先生はこういう場には、慣れてらっしゃらないでしょうし」

さわやかに微笑んだ奎吾に、あの野々村でさえも頬を染め、神堂もわずかながら唇をほころばせる。香澄もまた、芸能人と呼ばれる彼らがただ単に顔がいいだけの人種ではないことを、妙にしみじみと実感していた。

(やっぱりほかのひとと比べられないくらい、光ってるんだな)

表情、仕種、声のトーンのすべてが、ひとを惹きつけるのだ。なにより、そこにいるだけで場がぱっとあかるくなるような、男女関係なく誰もを魅了するそのはなやぎは、一朝一夕でできあがるものではないだろう。

「兵藤さんも、お忙しいなかありがとうございます。先日はごちそうになりました。本当においしかったですよ」

「いえ、たいしたことしてませんから」

先日の宣戦布告が忘れられず、いささか身がまえ気味の香澄にたいしても、彼は惜しみなく笑顔を向けた。一般人よりも光を含む量が多く感じられる切れ長の目の奥に、一瞬だけあの思わせぶりな色がよぎった気がしたけれど、さすがにこんな場所では釘を刺すこともできない。なにより、神堂の状況をフォローしてくれたのは奎吾である以上、失礼な言動は避けたかった。

「じつは先生とのメールで、あの料理のレシピ教えてもらえないかって、言ってたんですよ」

「え……そんな話、してたんですか」

驚いてまだ椅子に腰かけたままの神堂を見おろすと、すこし疲れた顔をした彼は「ちょっと違う、かも」と自信なさげに首をすくめる。

「書いてあったの、『教えてもらえばよかった』、です。たぶん……」

ポケットからスマートフォンをとりだした神堂は、すぐに該当のメールを探し当てると「これ」と香澄に向けてさしだしてくる。なぜかあわてたのは奎吾だ。

「ちょっと、先生！　写メ見えちゃうじゃないですか」

「いけませんか？」

きょとんとしてすぐに引っこめた神堂だったが、画面は香澄に見えてしまった。そこにはたしかに、覚えのある料理と似たものが写っている。「ああ、これ」と思わず声にだしてうなずいたところ、なぜか奎吾がかすかに赤くなっていた。

「や、ほんと、やめてくださいよ」

（あれ……）

てっきり張りあって自慢してきたのかと思いきや、「プロに見られるようなものじゃないのに」とつぶやくあたり、本当に照れているようだ。ライバル宣言はしてきたかもしれないが、そこまで意地の悪い男じゃなかったな、と香澄は自分の穿《うが》った見方を反省した。

「細かいレシピ、教えましょうか？」

「えっ、いいんですか」

「かまわないですよ。料理本に載ってたののアレンジですけど……」

奎吾の顔がぱっとあかるくなった。ぴかぴかした嬉しそうな笑顔に、香澄は正直、芸能人の表情だなあと感じた。変化が派手でわかりやすく、どうあっても目を惹く表情。それでも、プロの笑顔はやはり、好感度が高い。

だが次の台詞《せりふ》で、香澄はまた身がまえた。

「じゃあ、兵藤さんのアドレス教えていただけますか？　……いろいろ、お話ししてみたいと思ってましたし」

きたな、と思った。先日門のまえでなされた宣戦布告と同じ目つきと声色だ。いったいなんの話がしたいやらわからないが、上等だ、とも思う。

友は近くに置け、敵はもっと近くに置けと言うではないか。いっそ直接あたってみるのもいいのかもしれない。

「いいですよ、じゃあ——」

言いかけたところで、スーツの裾がくいと引かれた。見おろすと、神堂が真っ黒な目で見つめながら言う。

「ぼくがメールするから」

「……え？」

「香澄のレシピノート、写メして送ってあげたほうがわかりやすいでしょう？　香澄のケータイカメラ、あまり機能よくないけど、ぼくのなら、画素数大きいから」

じっと見あげてくる神堂は、なぜか真顔だった。意図がわからず、いささか混乱しながら香澄は口ごもる。

「そりゃま、そうですけど……手書きで、ぐちゃぐちゃですよ？」

「でもあれなら写真とかも載せてるでしょう」

ときどき神堂は、不思議なこだわりどころを見せる。自分なりにいい考えだと思ったのだろう、これは引く様子はないとみた香澄は、軽いため息をついて奎吾へ目を向けた。

「……だそうなんですけど、それでもいいですか？」

奎吾は、なぜかすこし驚いたように目を瞠っていた。香澄がその表情を訝るよりはやく
「あ、ありがたいです」とまたあのプロの笑顔に戻る。

「ご親切に、ありがとうございます。先生も、お手数じゃないですか？」

「ぜんぜん、いいです」

ふるふるとかぶりを振る神堂に、奎吾は「そういえば、こないだの……」と、ふたりでやりとりしているメールの話に戻っていった。

傍目から見ても、かなり親しげでいるのは見てとれるのだろう。いろんなひとびとが興味深そうに、「英奎吾といっしょにいる、あれは誰だ」という視線で眺めている。

ふだんならば他人の視線に過敏な神堂だが、なぜか奎吾をまえにするときは気にした様子もなくあれこれと本の話をし、さきほど真っ白だった顔色も、いまは紅潮しているほどだ。

正直、香澄にしてみればおもしろい状況だとは言えなかった。けれど耳をそばだてていても、ごくほのぼのとした本好き同士の会話でしかなく、当然口を挟めるわけもない。

(それに、アプローチってほどのアプローチはしてこないんだよな)

いまの態度を見ていても、奎吾は神堂に対して、徹底して穏やかな友人の顔しか見せていない。むろんここが衆人環視の場であるからわきまえているのだという見方もあるだろうが、それにしてもその気があるなら、もうちょっと言葉や態度に熱がはいると思うのだ。

(あれって、単なる深読みだったのか？　俺が嫉妬深すぎるだけ？)

そんなふうに思いそうにもなるが、しかし香澄にはいささか挑発的とも言える発言もある。じっと奎吾を見ていると、視線に気づいた彼があの思わせぶりな目つきでにやっと笑った。

……勘違いじゃや、ないらしい。

しかし、いったい相手がなにを狙っているやら。謎めいていて、不可思議で、さっぱりわからない。

(まあでも、このパーティーが終われば、しばらく公式に〝神堂先生〟と〝英奎吾〟が会う機会はなくなるはずだし……)

個人的にも多忙すぎるふたりのことだから、せいぜいメル友止まりだろう。

(余裕もたないとな)

そう思ってこっそり心の平穏を保とうとしていた香澄だったが、なぜだか胸騒ぎが止まらずにいた。そしてその正体を知るのは、数十分後のことだった。


「先生と英奎吾が親しいなら、対談とかの企画はどうでしょう!」

「——はあ?」

面倒なことを言いだしたのは、野々村だ。

宴もたけなわのパーティーを抜けだし、ひとまず神堂が帰れる状態になるまで休んでくれと、主催側が気を利かせてとってくれたホテルの一室。

シングルルームだが、ダブルサイズの広さがあるベッドのうえでぐったりしている神堂をまえにしての発言に、香澄は目をつりあげた。

「こんな状況で言うことなんですか？　っていうか、英奎吾と対談って、それ絶対に写真はいりますよね」

「ええ、でもそこは先生はいつもどおり、うしろ姿と、二ショットの遠景で。おうちにまでおじゃまするような仲なんでしたら、いっそ鎌倉で撮影するのもありじゃないですか？」

室内には香澄と野々村、横たわる神堂の三人のみ。仲井は以前におなじく、神堂の代理人としてあちこちへの挨拶まわりをしていて、この場にはいない。そのせいか知らないが、彼女は遠慮もなにもなく自分のアイデアを語った。

香澄はいらいらとしながら、そのすべてに首を振る。

「ありじゃないです。ぜんっぜん。それにおうちにおじゃまって言っても、あれは偶然いきあって、困ってらしたから神堂がうちにと――」

「いいエピソードじゃないですか！　それ記事に使えると思うんですよ！」

こいつひとの話聞いてねえ。うんざりした香澄は凶悪な面持ちで野々村を睨みつけるが、夢中になっている彼女はまったく気づいてすらいない。

「ちょうど封切りあわせで先生の新刊も発売になりますし、やらない手はないと思うんですよね！」

「だからね、野々村さん――」

「今回、『見捨てられた街』のスピンオフになるわけですけど、英さんの演じる役も重要人物でてくるわけですから――」

「野・々・村・さ・ん」

まくし立てていた野々村は、香澄の射るような目つきに顎を引く。

「いまは、やめてください。先生を休ませたいんです。静かに。いいですね？」

一言ずつ区切るかのようにゆっくりと注意すると、彼女は渋々「……わかりました」と口を閉ざした。だがその顔を見れば、まったく承伏しかねるというのはありありとわかって、香澄はいやな予感しか覚えない。

もうひとつふたつ、釘を刺しておくべきか。そう思って口を開きかけたところで、ドアがノックされた。野々村が出迎えると、あらわれたのは仲井だ。

「一応、車の手配できたよ。裕の具合、どう？」

「だいじょぶ……だいぶ、いい」

声をひそめた幼なじみにか細い声で答え、ゆっくりと神堂は起きあがった。ちいさな白い顔に疲労の影は濃いけれど、ここで寝ているよりもうちに帰りたいと彼は言った。

「家でゆっくりしたほうが、気が楽だから」

「そっか。もうこのまま車で帰っちまえ。経費はこっちで持つから」

ぐりぐりと頭を撫でた仲井の言葉に「無駄遣いかなあ」と神堂は首をすくめる。「高額納税者がなに言うか」と笑い飛ばし、仲井は細い身体を香澄に預けるように、そっと背中を押した。

「野々村、あとで打ちあわせするから、ちょっとここの片づけしておいて。俺、送ってくるから。いろいろすんだら電話するんで、ロビーにきて」

「わかりました」

仲井相手には神妙になる野々村を部屋に残し、三人はその場をあとにした。

そしてドアを閉めるなり、仲井は香澄の表情をあらためため、にやりと笑う。

「凶悪な顔してるなあ、兵藤くん」

「そう思うなら、部下のコントロールくらいしてくださいよ」

押し殺した声で苦情を告げるけれど、なぜか仲井はにやにや顔を崩さないままだ。

「ごめんね、俺、のびのび子育てが方針だからさ」

二年前の結婚から、現在では一児の父でもある仲井の言葉に香澄は冷ややかな目を向けた。

「ろくにおうちに帰らなくて、いまだにお子さんに認識されてないくせに」

「うっ……それ言うなよ」

すでに一歳半になる彼のひとり息子は活発で言葉もはやかったらしい。通常、その年齢なら単語のみしか話さないものらしいが、すでに二語文——「ママ、ゴハン」などと、意志を伝えることができるのが仲井の自慢だ。

しかしながらその口から「パパ」の単語は発せられたことはないそうだ。校了地獄の果てに一カ月ぶりに帰宅した際、ひさびさに顔をあわせた息子さんの口からでたのは「ダレ？」だったというから笑えない。

「うちの奥さんもがんばって教えてくれてるらしいんだけどさ……写真とかビデオの俺には反応してるって言うんだぜ？」

どういうことなんだ、とぶつくさ言う仲井に、香澄はふと意地悪を言いたくなった。

「それひょっとして、自分のパパは二次元なんだと思いこんでませんかね」

「やめてよ、そういう怖いこと言うのは！」

ふらつく神堂の身体を支えた香澄を小突き、仲井はおおげさに震えてみせた。

エレベーターホールにたどりつき、高層階用の高速エレベーターに乗りこむと、なんとなく無言になる。しばらくして、沈黙を破ったのは、仲井のほうだった。

「野々村だけどさあ」

「……はい」

「悪いヤツじゃないんだよ」

香澄はなんとも答えられなかった。仲井もまた答えを求めているわけではなかったらしく、そのまま口をつぐむ。

エレベーターのなかは静かだったが、一瞬耳抜きをしなければならないほどの圧力を感じた。それだけの高さからおりていくのだなと、香澄は不思議なものを見るような目で箱形の機械を眺める。

ふだん鎌倉の平屋で暮らすおかげで、こういう文明の利器にときどき違和感を覚えるようになった。あの家は、静かだけれど無音ではない。風の音、木々のざわめき、鳥や虫の声がいつでも耳をくすぐっている。

けれどいま、数メートル四方の空間のなかで聞こえるのは、かすかなモーター音のみだ。ぐったりと腕のなかでもたれている神堂は、それがつらいのではないかと思う。

(こういうのは、あわないんだよな、このひとに)

ただでさえ世界が怖くて、身を縮めるようにして生きてきたひとなのだ。好きなことだけさせていてやりたいのに、そうしてやりきれない自分がもどかしく、香澄は唇を嚙む。

ひんやりした頰を撫でると、神堂のきゃしゃな手が香澄の腕を強く握った。頼られているとわかるかすかな痛み、それ以上のものが胸に迫って、仲井のまえでもかまうものかと細い身体を抱きしめた。

＊　＊　＊

平行線をたどっていた香澄《かずみ》と野々村《ののむら》の意見の相違は、最悪な形で決裂した。
すでに断ったはずの企画——奎吾《けいご》と神堂《しんどう》の対談と映画の特集を勝手に進行されたあげく、

白鳳《はくほう》書房の文芸雑誌に予告を打たれてしまったのだ。

「自宅訪問!?　仕事場公開!?　そんなことまでOKしたんですか!」

献本が届き、確認していた香澄は真っ青になって野々村に電話をかけた。けれど彼女は、了承を得なかったことを謝るどころか、『いまさら撤回できない』の一点張り。あげくには『そちらのコンセンサスがとれてないんじゃないですか』と香澄を責める始末だ。

『先生ご自身は、問題ないって仰《おっしゃ》ったんです、疑うならメールを確認してください』

「知ってますよ。その件は俺が処理したんですから。でもあれは、あくまで企画を確認して、俺がOKって言ったら、って一文もちゃんと添えてあったでしょう!」

『それを先生ご自身から連絡されてきたんだから、暗黙の了解だと思うのが当然でしょう!』

ああいえばこういう。握りしめた受話器を砕《くだ》かんばかりの力で、香澄はどうにか癇癪《かんしゃく》をこらえた。あちらがヒステリックな対応で聞きいれようともしない状況であれば、同じ土俵にあがったが最後、泥沼になるだけだ。

「この間もそういう勝手な解釈で、映画絡みの取材を勝手にいれてましたよね」

声が苦くなるのは、その事実を香澄が納得しきれていないからだ。今回の企画にこれだけ振りまわされている状態だというのに、神堂自身はまるっきり、気にした様子がないし、不服も言わない。

どころか、香澄を通すまえに神堂自身が企画をOKしてしまい、すでにあともどりできない状態になってから知らされることも、これがはじめてではなかった。本当にいいのかと念押ししても、「大丈夫だから」と香澄の制止を聞きいれないことすらある。

――これくらい、ちゃんとできるようにならなきゃいけないんだ。それに対談なら、英《はなぶさ》さんもフォローいれてくれるって言ってるし。お願いだから、やらせて。

そうまで言われてしまえば、香澄も止められなかった。そうしてやきもきしているぶん、神堂のキャパシティも考えずに次から次へと難題を持ちこむ野々村へと矛先《ほこさき》が向いてしまう。だが彼女もまた、自分を阻《はば》もうとするマネージャーにたいして言いたいことは山積みらしかった。

『ああ、あれについてはわたしも言いたいことあるんですよ。どうして勝手に、わたしを飛び越えて仲井《なかい》編集長に断りいれたりしたんですか!? 担当はこちらなんだから、ちゃんと筋をとおしていただかないと困るんですけど』

「そちらに話してたって、埒《らち》があかないからでしょう」

香澄はキレそうになるのを必死にこらえ、極力冷静な声をだそうとつとめていた。

『埒があかないって、だから、先生は――』

「あなたのペースでまくしたてれば、口べたな神堂が断れないのわかってて、俺じゃなくて直接携帯に電話しましたよね? どっちが筋とおしてないんですか」

卑怯《ひきょう》な手を使ったくせにとなじれば、自覚があったらしい野々村は一瞬黙りこむ。だが、すぐに立て直し『それくらい、してもらわないと……』という言葉で香澄の神経を逆撫《さかな》でた。

『専属で売りだしてるんですから、かなり優遇されてるんですよ？　契約書にだって、取材に関してもできる限りの協力をするって文言があるじゃないですか』

「そうですよ。で、二年前の更新時に、それについてはマネージャーである兵藤《ひょうどう》の判断を仰ぐようにって条件が盛りこまれてるはずです」

『でもそれは――』

「いいから、ちょっと黙って聞いてください！」

大音量で怒鳴りつけると、息を呑《の》んだ野々村はようやく口を閉ざした。正直、女性を相手にすごむのはどうかとも思ったが、これくらいしないと暴走編集者は聞いてくれそうにない。

「いいですか。いまこの状態の神堂をまえにして、なんでそこまで企画企画って突っ走れるんですか。もともと神堂はデリケートなひとなんだって聞いてるでしょう。いまが本当に限界なんですよ。あなた、あのひとのこと壊したいんですか」

『でも、兵藤さん……』

「でも、じゃありませんよ。俺はそちらの業界には関わって日も浅いですけど、作家を護《まも》るのが編集の役割なんだと思ってました。けどいまの状況は、完全に神堂の都合をまるっと無視して振りまわしているだけにしか思えません。原稿のとりたてについてなら、どれだけ鬼になられようが当然だと思いますが、取材だなんだっていう枝葉末節は、あなたのところである程度間引いてもらわなきゃどうしようもないでしょう」

憤りがこらえきれず、香澄はこういう場合の話ではけっしてやるべきではないことを口走ってしまった。

「すくなくとも仲井さんだったら、こんなにまで神堂に負担を強《し》いることはなかったと思いますけどね」

『……っ』

電話越しでも、彼女の形相が変わったのは見えるようだった。言いすぎたとは思うけれど、いずれどこかでぶつけなければならなかったことでもある。

『編集長は、わたしの裁量に任せると、仰ってましたから』

「それで、今回の判断があなたのベストだと仰るんですか」

『だから言ってるんでしょう！　もうけっこうです、あとはメールでご連絡します！』

がん！　という音を立てて、一方的に電話を切られた。それが社会人の態度か、と香澄は憤る。

「なんなんだ、あのヒステリー！」

こちらも負けず劣らず乱暴に受話器を戻し、香澄は毒づいた。

だが同時に、野々村の態度には不可解なものも感じていた。

（なんで、あのひと、そこまで必死なんだ？）

すくなくとも、担当になった当初の彼女はここまで強引ではなかったし、それなりに事情を慮《おもんぱか》ってもくれていた。のっけからこの状態ならば、香澄もマネージャーとしての権限を行使し、さっさと担当チェンジを言い渡していただろう。

「やっぱ、映画が絡んでテンパってんのかね」

初対面のときには、やる気もあって、神堂の小説も好きで、いい担当だと思っていた。多少気負いすぎの感はあっても、そのうちこなれていくだろうと思いこんでいたから、落胆も大きいのかもしれない。

そして、こうなってみるとつくづく、仲井は神堂という作家にかなり融通をきかせてくれていたのだな、と痛感した。だがそこにも、奇妙な矛盾を覚えなくはない。

(上司なら彼女を止めることだってできるはずだろうに……)

ああまで野々村が強硬な態度をとるということは、仲井がそれを許しているということだ。実際二度のパーティーで立ち会った際も、暴走する彼女を止めるそぶりはいっさいなかった。

(ほんっとに、なにたくらんでんだ、あのオッサンは)

内心でぶつくさ言いながら香澄が居間に顔をだすと、ソファのうえで最近購入した小型のモバイルパソコンを抱えた神堂が、ちょこんと座っていた。

長編を書く場合には仕事部屋のデスクトップマシンでないと執筆できないようなのだが、最近の神堂はアイデアメモなどに、この小型マシンを使っている。

「あんまり野々村さんに、怒っちゃだめだよ」

廊下での怒鳴りあいは、やはり聞こえていたらしい。失敗したと思いつつ、香澄は不服だった。

「対談の件だけど。なんでOKしちゃったんです？　いままでだったら先生、あんな企画お断りだったのに」

ちたちたと音を立てながらキーボードをたたいていた彼は、画面から顔をあげないまま、ちいさな声で言った。

「うーん、お仕事だし。いままでが、非協力的すぎたんじゃないのかな、と思う」

「それでも、問題なくまわっていたわけでしょう」

「でもそのぶん、たかちゃんとか、野々村さんが断ったり頭さげたりしてきたんだよ」

モニタに浮かんだ文字を読み直しているのか、大きな黒目が左右に動いた。

「いまは香澄が、ぼくの代わりにそうしてるけど。もし、できることがあるなら、やってみないとと思って」

「……この間は具合悪くなったくせに」

「うん、あれはね、ちょっと失敗しちゃった。でも、きっと次には慣れると思うんだ」

それが近所の散歩すら満足にできなかった人間の言うことだろうか。あまりに急激に変わろうとしている神堂をまえに、香澄は心配でしかたがなかった。

そしてなぜだか、不安すらも覚える。

「……無理してるんじゃないんですか？」

「ぼく？　ううん、してないよ」

にっこりと笑う神堂だけれど、その頰《ほお》は赤い。赤面症の症状が、香澄とふたりきりのときでもたびたびでていることに、彼は気づいているのだろうか。

けれどいまだに、なにをどう言えば、複雑で繊細な小説家の心を傷つけないでいられるのかわからない。香澄が黙ってじっと見つめると、神堂はぱたんと音を立てて、ラップトップの蓋《ふた》を閉じた。

「あのね、がんばりたいんだ」

「先生……」

「香澄がきてくれて、ちょっとずつ変わっていったでしょう。ぼくは、ひとといろいろ違うところがあるから、もしかしたらやりすぎてるのかもしれないんだけど」

でも、だから、やれると思うときにはやらないと。嚙《か》みしめるように神堂は言った。

「一生懸命、考えてくれるの、嬉しいよ。でも、やってみるまえからできないって言っちゃだめって、香澄が教えてくれたんだよ」

「……うん」

キーボードで紡《つむ》ぐ文章は流麗で流暢《りゅうちょう》で、驚くくらい語彙《ごい》も豊富なのに、唇からこぼれる言葉はどちらかといえばたどたどしいほどだ。それでも、顔を赤らめながらも懸命に話そうとする神堂の言葉は、香澄にとってとてもたいせつでうつくしいと思う。

それは、本当に剝《む》きだしの彼の心、そのものだからだ。そしてそれを護《まも》ってやりたいと感じるから、止めることができない。

「だから、見ていてくれる?」

そこまで言われては、もはや反対もできない。香澄は神堂の細い身体をぎゅうと抱きしめて、肩口に深々と息をついた。

「俺のほうが胃がおかしくなりそうだ」

「えっ、香澄、おなかいたいの」

だいじょうぶ? とあわてて覗《のぞ》きこんでくる心労のタネは、相変わらずすこしずれていて、それでもとてもやさしくやわらかい。

「だいじょうぶですよ、おなかはまだ痛くないです」

「そう? なら、いいけど」

香澄よりひとまわりもちいさな手で、背中をさすってくる神堂の髪に頬をすりよせる。不器用なぬくもりにため息をついて、香澄は腕に力をこめた。

「どうしても無理、って思ったら、ちゃんと言ってくださいね」

「うん。それはたかちゃんにも言われてるから、平気」

なにげないひとことに、また香澄の眉《まゆ》が寄ってしまった。

(やっぱり野々村さんの企画、編集長のあのひとが、知らないわけないいんだよな)

さきほども考えたことだが、あらためて、仲井の態度はどうにも不可解だ。このたびの件について我関せずの態度を貫いているわりに、神堂へのフォローはしているらしい。

いくら担当ではなくなったとはいえ、以前には掌中の珠のごとき扱いをしていた彼が、どうにも神堂に対してしてらしからぬほどの放任ぶりなのだ。

そして腹立たしい事実ながら、そう考えてしまうことこそが、香澄自身、仲井を信用しているという証拠でもある。

(悔しいけど、仲井さんほど俺は、このひとのことをわかってない)

どこまでなら、神堂にとって無理なのか、そうでないのか。わからないから必死になって考えている。

——限界ってわかってるなら、なんで止めないんですかっ。

——それ、俺がやることなのかな?

(試されてるのは、俺のほうなのかもな)

あのパーティーのときの態度からして、本当に神堂を護れる男であるのか、様子を見られているのは間違いない。さりとて正解は、どこにあるのか。

マネージャー兼ハウスキーパー兼——恋人というのは、立場の置き所がむずかしい。

「ああもう、あったま、いてえ……」

「えっ、えっ？　ねえ、だいじょうぶ？」

ぼやいた香澄の言葉に、また神堂があわてる。小説家のくせにどうして言葉の裏を読まないのだとおかしくなって、香澄は笑う。

「先生がチューしてくれたら、なおるかも」

「わ、わかった」

そして不器用なかわいいキスを額《ひたい》にもらえば、複雑な物思いも面倒な現実も、しばし忘れることができる。

あまい髪のにおい、細いのにやわらかく、腕にしっくりおさまる身体《からだ》。心配そうに、香澄への気持ちをいっぱいにたたえて見つめてくる、きれいな黒い目。

ひとつとして、この大事なものをそこねたくないと思いながら、香澄は強くやわらかく、自分のすべてである彼を抱きしめた。

＊　＊　＊

「……では本日の対談はこれで、終了です。お疲れさまでした」

「おつかれさま、でした……」

インタビュアーの言葉に、神堂は深々とため息をついた。

葉山にあるホテルのレストラン、その個室にて奎吾との対談が実現するまで、野々村と香澄がゆうに十指を超える数のバトルを繰り広げたが、結局のところ軍配は野々村にあがった。

というよりも、張本人である神堂が断ろうとしなかったため、香澄は背中から撃たれるかたちで折れるほかになかったのだ。

とはいえ、結果はどうだったかといえば、椅子にもたれてぐったりしている神堂の落ちこみきった状態が、すべてだろう。

対談といっても、ほとんど奎吾が語り、相づちを打つ程度が精いっぱいの神堂をフォローしてくれる形だったのと、最低限の取材陣しかいれないように取りはからってくれたことで、どうにか終えることができただけだ。

（やっぱり、やらなきゃよかったのかな……）

香澄には、えらそうに啖呵《たんか》を切ってみせたものの、対談中冷や汗をかきっぱなしだった。

途中の顔色があまりにも悪いので、インタビュアーのほうが休憩を申し出てきたほどだ。

結果、カメラマンやその他の人間が同席しているのがまずいのではないかと奎吾が提案し、神堂と奎吾、そして話をつなぐインタビュアーの三人だけが部屋に残され、そこまで気遣われて倒れるわけにはいかないという意地で、長い時間をどうにか乗りきった。

おかげで神堂はいま、疲労困憊《こんぱい》だ。おそらく別室で待っている香澄も、同じくらいに気を揉《も》んでいることだろう。

(香澄まで、でていってもらうことになっちゃったし)

それでも、いてほしいとは言えなかった。彼がそばにいてくれるのは心強くもあるけれど、あまえたい気持ちも強くなる。奎吾がひとりで挑んできているのに、そんな情けない姿を見せるわけにはいかないと、神堂は思った。

自分にも、そんな負けん気があるのだなどと、この日まで感じたことはなかったけれど。

「……先生、お疲れさまでした」

「いえ、英さんこそ」

ぼんやり物思いにふけっていた神堂は、奎吾のやわらかい声でねぎらわれ、背もたれにもたせかけていた身体をあわてて起こした。気づけばインタビュアーの姿はなく、奎吾とふたりきりの状態になっている。どれだけぼうっとしていたのかと思うと、冷や汗がでた。

「ほんとにいろいろ、すみませんでした。ご迷惑かけちゃって」

「いや、とんでもない。苦手な対談につきあっていただいたんですし、できるフォローをするのは当然ですよ。ぼくは話すのも仕事だけど、先生はそうじゃないんだから」

なだめるように言う彼の言葉がやさしければやさしいほど、神堂は落ちこんだ。

「もうほんとに……ぜんぜん、うまく話せなかったし……」

「そんなことないですよ。先生らしい、素直な言葉がたくさん聞けて、ぼくも嬉しかったです。きっと読者のかたたちも、喜びますよ」

不手際を詫《わ》びても、奎吾はほがらかでやさしい。それだけに自分がだめだなあ、とさらに落ちこんでしまう。

（社会性がないって、ほんとにつらい）

あたりまえのように社交性を持っている人間にはわからないだろうけれども、神堂のようなタイプにとって、見知らぬ人間のまえで自分をさらすのは恐怖でしかない。

それでも今回は、作品についての決まりきった受け答えをすればよかったし、想定外の質問については奎吾が答えるか、「こういうことですよね？」と神堂に振ってくれる形になっていたので、だいぶマシだった。

「助けてくださって、ほんとに感謝してます」

「こちらこそ、ご協力感謝です。映画、きっといい作品にしますから」

手を差しだされ、一瞬だけ神堂は戸惑った。だがおずおずと同じように右手をだせば、強く、それでいてやわらかい力で握りしめられる。

「ぼくは本当に、幸運だなと思うんです」

「え、え、なにが、ですか？」

「先生の作品は、ぼくにとって、とても肌になじむというか、読んでいて心地がいいんです。むろん、怖い部分もいっぱいあるんですけど、そういう怖さも含めて共感できる。もちろん、あんなに鋭い言葉を生みだすような語彙や感性は、ぼくは持ってないと思いますけど」

「いえ、そんな……」

なめらかな語り口での言葉すらも奎吾は端正で、それが自分の作品のことだと思うと、なんだか不思議な気がした。そして唐突にはじまったこの話が、どこにいきつくのだろうと戸惑う神堂を、手を握ったままの奎吾はじっと見つめてくる。

「いろいろお話ししたおかげで、趣味だとか好きなものが似てるんだなあってこともわかりましたしね」

「そ……う、ですか?」

「先生は、そう思いませんでしたか?」

言葉では疑問を投げかけたけれど、そのとおりだ。本の趣味など、怖いくらい似ていると感じることもある。けれどなぜかそれを認めがたく、ふるふるとかぶりを振って神堂は言った。

「でも、あの、なんていうか……」

「ん?」

「なんていうか、英さんは、ぼくみたいに、情けなくないっていうか。いつも堂々としてらっしゃるので、すごいと思うし。同じモノ見てもきっと違うように見えてるんじゃないのかなって、そう思ったりも、します」

自分でもどうにも的をはずした言葉のような気がした。うまくない会話をすると、神堂はいつも心臓がひやっとなる。相手の目に、意味がわからない、と感じたとき特有の紗《しゃ》がかかり——あの分厚い空気のかたまりのようなものが、突如としてあらわれるからだ。

けれど、奎吾の目は澄んだままで、握った手にもこわばりはなかった。そのことにはとてもほっとしたけれど、ふと我に返った神堂は小首をかしげた。

（あれ、でも……）

握手とは、こんなに長いこと握りしめているものだろうか。はたと気づいたとき、手のひらを立てるようにして握り合っていたはずの手は、奎吾が上向かせた手のひらに載せるような形にかわっていた。

「先生の手は、ちいさいですよね」

まじまじと見ながら言う彼は、めずらしいものでも眺めるような目つきで神堂の指を一本ずつ検分している。

「あの、英さん？」

「ああ、すみません。皮膚も薄くてやわらかいし、なんだか子どもみたいな手なのに、この手であんな怖いお話を書かれるのかなと思ったら、興味深くて」

笑いながら、奎吾は手を離した。なんとなくむずむずする手を握りしめ、神堂もぎこちなく笑みを浮かべる。

「兵藤さんとのおつきあいは、長いんですか？」

「えっ？」

いきなりの質問にどきっとした。思わず見あげた奎吾は、どこかいたずらっぽい顔でじっと神堂を見つめている。

「どうして驚くんです？　マネージャーになられてどれくらいですか、ってお訊《き》きしたんですけど」

「え、あ……えと、二年くらいです」

どぎまぎとしながら答えた神堂に「あれ、それくらいなんですか」と驚いた顔をする。

「それくらい……って、なんでですか？」

「いや、ずいぶん仲よくしてらっしゃるから。もっとおつきあいは長いのかと思ってました。作家さんのマネージャーっていうのは、あそこまで親しいものなのかな」

その瞬間、あれ、と神堂は思った。突然、奎吾の姿が遠く感じたからだ。といっても、拒絶の圧を感じるわけではない。ただ、なにか……探られている気がする。

「……いっしょに住んでますし、公私ともに、サポートしてもらっているので」

「ああ、そうですよね。きっと密度が濃いつきあいなんですね。でも兵藤さんは優秀ですよね、たしかハウスキーパーをされていたのが、マネージャー業まで請け負うようになられたんでしょう？」

「は、い。あのぼく、いろいろと、雑事がへたくそなので……」

「作家さんはそれでいいと思いますよ。一芸に秀でてるんですから。アーティストなんだし」

でもそれにあまえたら、ただの言い訳になってしまう。言いかけた言葉を、神堂は呑みこんだ。他人に言えば、とたんに愚痴めいたものになるというのはさすがにわかっているからだ。

神堂としては、香澄のまえでもちゃんとしていたい、と思ってがんばっている。それでも生活の多くの部分を彼に頼り、また精神的にもあまえている自覚はあった。生活能力のない自分を羞《は》じる気持ちは、どれほど彼が「あなたはそれでいいんだよ」と言ってくれても、なくなるわけではない。なのにうまくできないから、落ちこんでしまう。

言いながらうつむいてしまった神堂を、奎吾は興味深そうに見つめてきた。

「でもああいうマルチなひとがいるのって、うらやましいなと思いますけど……いつもいっしょって、気を遣ったりはしないんですか？」

「べつに、そんな、ことは」

にこにことしている奎吾の目が、笑っているのに笑っていないような、不思議な感じがした。牽制しているかのような、探るような問い。

（でも、いったいなにを？）

神堂は混乱した。いつものように、キーボードをたたかないと、自分のなかの言語が組み立てられないことでパニックになりかけ、無意識に指先をうごかす。

（あ）

テーブルのした、膝《ひざ》のうえで、ととん、という感触がした。左手の人差し指、右手薬指、それから中指、左手薬指から、また右手の中指――目を閉じていてもわかる、慣れきったキーボードの配列どおりに指がうごく。

――D・O・U・S・I・T・E・？

唇が言葉を綴《つづ》るよりもはやく反応する、脳に直結した両手。『これ』で組みあげた文字を読めば、混乱しないのかもしれないと唐突に気づいた。

「……あの、どうしてそんなこと、お訊きになるんでしょう、か？」

突然、まっすぐに見つめて問いを放った神堂の冷静な表情に、奎吾は驚いたように目をまるくした。

「いや、単なる好奇心ですよ。仲よくしてらっしゃるから、楽しそうだなと思って」

「本当に、それだけですか？　なんだかさっきから、婉曲《えんきょく》に質問されてますけど、どうも意図が摑《つか》め、なくて……」

脳内に浮かぶディスプレイを読みあげるため、ときどき妙なところで文節が切れた。その違和感に気づいたらしい奎吾が、じっとこちらを覗きこんできたかと思うと「ああ」と微笑する。

「先生いま、キーボードで話してるでしょう」

「えっ……」

突然変わった空気と話題に、神堂の手が止まった。

「そんな特技があるなら、さっきの対談でも活かされればよかったのに」

「あ、いや……これはたまたま、いま、やってみただけで」

「なんだ、残念」

でも今後には活かせるかもしれないですね、と笑いかけてくる。急な変化に戸惑い、また自分がなぜそんなことを気にするのかもわからないまま、神堂は目をしばたたかせた。

「……でも遅いですね。終わったから、呼びにいってもらったんだけど」

「え？」

「え、って。先生聞いてなかったんですか。さっきのインタビュアーさん、いちど退席していただいた皆さんのこと、呼んできてくれるって言って、でていったじゃないですか」

「ご、ごめんなさい」

ぼーっとしていて、聞いてませんでした。頭をさげると、「先生らしいな」とほがらかな声で奎吾は笑う。

「このあと、食事会ですけど……きょうは体調は、だいじょうぶですか？」

「あ、はい。平気です。この間は、すみませんでした」

とんでもない、とかぶりを振る奎吾からは、さきほどまでの違和感が感じられない。どういうことかを考えだした矢先、個室のドアがノックされた。

「はい、どうぞ!」

さっと立ちあがった奎吾が、戻ってきた面々を迎えいれる。出遅れたけれど、神堂もまた立ちあがって、精一杯の会釈をした。もともとあまり感情が顔にでないほうだからよかったけれど、胸の裡《うち》はかなり混乱している。心臓もまた、乱れた鼓動を刻んでいた。

「先生、お疲れさま」

「……あ、香澄」

「ぼうっとしてたね。やっぱり疲れた?」

ふるふるとかぶりを振って、近づいてきた彼の袖《そで》を握る。いまはひと目があるから、手を握ることはできなくて、それがさびしい。

「はやく、終わらせて帰ろうね」

「ん」

こくりとうなずいた神堂の頭を、香澄がそっと撫《な》でてくる。ほっと息をついたところで視線を感じ、ふっとそちらに顔をめぐらせると、奎吾と目があった。

(あ)

たぶん奎吾には、自分が頭を撫でられていたことに気づかれたはずだ。ふたりきりならともかく、いい歳の大人が——しかも同性に、されて喜ぶことではない。

しかし奎吾は驚くこともなく、奇妙なものを見るような顔もしなかった。ただきらきらと、光を孕《はら》んだまぶしい目。こちらを——ふたりを、見ている目。悪意や意地悪いものはけっしてないけれど、なにかをじっと探しているような目。

(あれは、なに?)

そのきれいな目が見つめているのはなんなのか、神堂は気になってしかたがない。

「……なに見てんだか」

ぼそりと吐き捨てた香澄が、きつい目で奎吾を睨《にら》んだ。その表情に気づいた彼は、ひょいと器用に眉をあげて、にっこりと微笑《ほほえ》んでみせる。

「香澄、どうしたの」

「なんでもないですけど」

そう言いながら、神堂の肩にかけた大きな手に力がこもっている。

手を添えると、軽く握りしめられて、すぐに離れた。それでも、神堂にとってなによりも大事な手にふれたことで、ほんのすこし息がつけた気がした。

(さっきのあれは、いったいなんだったんだろう)

いままで何度も言葉を交わしてきたけれど、彼との間で、あんなに緊張感を覚えたことはなかった。

もともと、ひとの気持ちを察することが神堂にはむずかしい。けれど自分に向けられた悪意や嫌悪だけは、過敏なほど読み取れてしまう。そういう意味だけならば、奎吾は神堂にたいしてなんら脅威ではない。好意を持ってくれているのは、わかるからだ。

ただ、なにかがどうしても、引っかかっている。それがなんなのか、いまの神堂にはまるでわからない。

いままでに知らない、不思議ななにか。こちらに近づいてこようとする奎吾に感じる、正体の知れない胸騒ぎ。

知らないものは、怖い。でも知ってしまえば、怖くないのかもしれない。

だったら、見極めなきゃ。まだ軽く混乱したままの頭で、神堂は必死に考える。考えて、考えて——まとまらない思考にうろたえているうちに、奎吾が目のまえに現れた。

「先生、だいじょうぶですか？」

「えっあっ、はい」

意味もなくびくっとして、神堂は立ちあがった。

「いま、別室のほうで食事を用意してくださってるそうですから。もうちょっとだけ待っていてくださいね」

やさしく声をかけてきた奎吾に、香澄がうなるような声で「野々村さんは？」と問う。奎吾は「え？」と目をまるくした。

「いや。本当ならそういう連絡って、あなたじゃなく、野々村さんがするはずでしょう」

「ああ。あちらでスタッフのかたと打ちあわせてらっしゃるようです。ぼくは手持ちぶさたなんで、伝えてきますと言っただけで」

あくまで穏やかな奎吾に対し、香澄はどこか険のある声を発している。理由はわからないけれど、あまりイライラしてほしくはなく、神堂は彼のスーツの裾《すそ》を引っぱった。

「香澄……？」

「ん？　ああ」

なんでもない、と笑顔を作ってみせるけれど、眉間《みけん》に力がはいっているのはごまかせなかった。じっと見つめていると、香澄はふっと息をつき、奎吾へと向き直った。

「つか、英さんっていつも、ご自分でいろいろなさってますけど、それこそマネージャーさんとかいないんですか？」

「いることはいますけど、自分でできることは自分でやるタイプなので。むかしは裏方みたいなこともやってたんで、人任せにするのが、どうも苦手なんですよね」

貧乏性っていうのかな。つぶやいて、軽く肩をすくめてみせるさまも絵になっているけれど、どこか芝居がかっているようにも思えた。

「どっちかっていうと、ひとの面倒見たいほうかもしれないですね。がんばってる忙しいひとのことは、とくに……フォローしてあげたいっていうか」

「……へえ？」

ほんの一瞬だけ、奎吾の目が神堂を見た。香澄の声が、また低くなる。神堂はただ困惑し、自分より頭ひとつ以上大きなふたりを見比べるしかなかった。

（いまの……どういう意味？）

なにかがやはり、変で、自分だけが取り残されているような違和感が、また大きくなる。

ふたりの間に漂《ただよ》う緊張感、そのベクトルの向かうさきが、わからない。

そしてやはり均衡を崩したのは、奎吾だった。

「ああそうだ。兵藤さん、ちょっとお願いがあるんですけど」

「……なんです？」

ひとあたりのいい、やわらかな笑顔。けれどその奥には、自分の意志を絶対に通すと決めた、押しの強さと逆らえない空気がある。

いやな予感を覚えたように、香澄は顎《あご》を引き、神堂はただじっと、そこにいるだけだった。

＊　＊　＊

（……なんでこんなことになってんだ？）

対談が行われてから、数日後。

香澄は仕事場であり自宅でもある神堂邸の台所——自分の大事な城のなかで、いささか憮然としたまま包丁を動かしていた。

「ええと兵藤さん。下ごしらえのタレって、こんなもんでいいんですよね？」

差しだされたちいさめのボウルには、すし酢とナンプラーに、ガーリックミックスをあわせたタレ。小指で掬《すく》って味見をした香澄は「ＯＫじゃないですかね」と唇を舐《な》めた。

「……ていうか英さん。俺のレシピ、もう先生から転送されてますよね？　いちいち聞かなくても覚えてるでしょう。手際もいいし」

エプロン着用のイケメン俳優は、香澄のうさんくさげな視線をものともせず、さわやかに微笑んだ。

「いや、でもこのガーリックミックスって、ぼく知りませんでしたよ。だから自宅では、適当に刻んでいれてみたんですけど……売ってるんですか？」

「ああ、まあ、シーズニングになってるのもありますけど、俺は作っちゃうんで」

「えっ、家で作れるんだ。どうやるんですか？」

妙にきらきらした目で見つめられ、無下《むげ》にもできない香澄は自作の瓶詰《びんづ》めを手にとった。

「簡単です。まずニンニク刻んで……面倒ならフードプロセッサーとかでみじん切りにして、きざんだ鷹《たか》の爪《つめ》といっしょに、オリーブオイルで漬けるだけ。これがあると、ペペロンチーノとか作るとき便利です」

「へえ、知らなかった。今度やってみよう」

にこにこと楽しげな顔で、適当な大きさに切った豚肉を漬けこむ奎吾を眺め、香澄はこっそりため息をついた。

——ポークソテー、この間のレシピでやってみたんですけど、なんかいまいちピンとこないんで。

だから料理を教えてくれないかと言われたときには、なに言ってんだこいつ、と思った。べつにともだちでもないうえに、神堂にたいして、やたらと謎のちょっかいをかけてくる相手に、なぜ自分が労力を割かなければならないのだ、と。

だが即座に断ろうとした香澄を止めたのは、神堂のひとことだ。

——香澄、教えてあげたら？

ぎょっとはしたものの、じっと見あげてくる黒い目のおねだりに、香澄が逆らえたためしはない。おまけに周囲には、映画の主役と原作者がいったいなんの話をしているのかと、さりげなくうかがうひとびとがいて——香澄はうなずくほかに、どうしようもなかった。

（先生もなに考えてんだかなあ……）

ちらりと背後を見やると、手持ちぶさたな様子の神堂がテーブルにラップトップを持ちこみ、ちたちたとキーボードをたたきながら台所に立つ長身の男ふたりをじっと眺めている。

あの日、対談を終えた直後の神堂は、あきらかに挙動不審気味だった。じっとなにかを考えこんでいるような、不安がっているような、そんな目をしていた。

よもやふたりきりの数分間で、奎吾がなにかしたのでは、と心配になったけれども、あとで問いただしたところ、妙なアプローチをかけられてなどいない、と言っていた。

（でも先生のことだからなあ。まるっきり気づいてないとか、ありそうだし）

サラダをあえるため、切ったニンニクの断面をボウルに塗りつけながら、悶々と考えていた香澄は、思いだし怒りがこみあげてくるのを必死でこらえた。

対談と食事会を終え、帰宅したあとも、なんだか神堂は様子がおかしかった。どこか散漫な感じがして、ぼうっと考えこんでいた。

様子のおかしさにこらえきれなくなった香澄が「ほんとになにもされなかったのか、些細《ささい》なことでいいから思いだせ」と告げたところ、かなり不穏な言葉が返ってきたのだ。

——あ、話しながら手をちょっと握られた。でも、ちいさいですねって、それだけ。

（つーか、されてんじゃん、思いっきり！）

手を握っておしゃべりなど、口説く際の基本ではないか。ほかになにか言われたりはしなかったのかと問いただしたら、ますます心配になるような言葉が返ってきた。

——香澄みたいに、マルチなひとがいるのって、うらやましいとか……いつもいっしょって、気を遣ったりはしないんですか、とか？

しみじみと、今回ばかりは神堂が神堂でよかったと香澄は実感していた。恋のさや当てだの駆け引きだのは、まったくもって通じる相手ではないことまで、奎吾はわかっていないのだろう。

(にしても、やっぱりつけこむ隙探《すき》しまくってんじゃねえかよ)

様子をうかがうと、隣に立つ俳優は、料理を教える必要などどこにあるのか、という手際のよさでつけあわせの野菜を刻んでいる。どこか楽しげなその様子を見て、いったいなにが目的なのだとうろんな目になる。

「ふふふ」

「……なんすか、突然」

いきなり笑いだした奎吾に香澄が顔をしかめる。

「いや、楽しいなと思って」

「料理、そんなに好きなんですか」

「それもですけど。ここのおうち、ほんといいですよね。雰囲気も……住んでるひとも。台所もすごく、いろんなことが行き届いてる感じがします」

素直に褒《ほ》められれば、悪い気はしない。

「ぼくね、本当はもともと、アルバイトのケータリングスタッフだったんですよ」

「へ？　そうなんですか？」

「ええ。それで、とあるアーティストのライブのとき、楽屋でセッティングしてたら、いまの会社の社長にスカウトされたんです」

——むかしは裏方みたいなこともやってたんで。

あれはてっきり下積み時代のことかと思いきや、本当の裏方だったらしい。

知らなかった、と香澄が目を瞠《みは》れば「兵藤さんは、ほんとにぼくに興味ないですねえ」と、むしろおもしろそうに奎吾は笑った。

「けっこうあちこちのインタビューで、話してたりするんですけど」

「はあ。すみません、あんま雑誌とか、見ないんで」

悪びれず言ってのける香澄に気分を害するどころか、くすくすと奎吾は笑う。

「ほんといいキャラですよね、兵藤さんて」

「……そうすかね」

「ええ、そんな感じだから、あの先生ともうまくやっていけるのかなと」

なんとなく引っかかるものを感じて、香澄は片眉をあげた。

「どういう意味っすか、それ」

奎吾はあわてたように手を振って、「あ、やだな。悪い意味じゃないですよ」と言った。

「ただ……神堂風威《ふうい》先生って、ぼくはもっと、老練な感じのひとかなと思ってたんです。文章だけ読んでたときは。すごくシビアな描写もあるし、独自の世界観っていうか、ひとを突き放したところのあるひとなんだろうなって」

まだここに勤める以前、同じようなことを感じた香澄は「ああ、まあ」とうなずいた。

「……でもここ二年くらいで、変わりましたよね、作風」

「そう、ですか？」

「そうですかって、読んでないんですか」

びっくりした声をだす奎吾に「じつはあんまり」と香澄は苦笑した。

「何冊かは目をとおしたんですけど、最近の本については本人がいやがるからほとんど見てないですし、そもそもそんなに小説読むほうじゃないんで。作風の違いがわかるほど、読みこんでないっていうか。俺はあくまで、先生の生活管理が担当なんで」

「そうなんだ……」

よほど驚いたのか、切れ長の目がまるくなっている。そこまでのことなのか、と逆に香澄が驚いていると、ふっと息をついた奎吾が「やっぱり、いいなあ」とつぶやいた。

「なにがです？」

「いや。……何冊かって仰いましたけど、たとえばどれを？」

「えっと、それこそ蝦女《えびおんな》とか……」

「じゃあそのうち、新作読んでみるといいですよ」

どういう意味なのかと奎吾をうかがい見たけれど、彼はそのさきを言うつもりはないらしい。こういう含みの多い会話は、心底苦手だと、香澄はもやもやしたものを感じた。

「それで兵藤さん、これ炒《いた》めればいいんですか？」

悶々とする香澄に気づいていないのか、それとも無視しているのか、奎吾はどこまでもあかるく話しかけてきた。

「……そうです。簡単にクレイジーソルトだけで、ぱぱっと」

またもやため息をつきそうになって、どうにか呑みこむ。いちど引き受けたからには、あからさまにいやそうな態度をとるのは失礼だ。

「ちょっとパンチがほしいなら、それこそさっきのガーリックミックス使うってのもありで」

「わかりました。クレイジーソルトって、どこにあるんですか」

「そこの、隣の棚……そこです」

「えっ、どこ？」

顔の真横にある棚なのだが、近すぎて視界にはいっていないらしい。きょろきょろする奎吾にいらっとした香澄は手を伸ばした。

「だから、そこ」

「……えっ、わ」

自分に近づいた手に驚いたのだろう、奎吾が目をまるくして硬直した。こちらのほうこそ驚きながら、「調味料、ここの棚ですから」とクレイジーソルトの瓶を振って香澄が告げる。

「あ、そうか。びっくりしちゃいました」

胸を撫でおろしてみせる奎吾に、今度こそ露骨にため息をついた。

「んなびびることないでしょう。殴るわけじゃあるまいし」

「そんなこと思いませんけど、あはは」

なぜか照れたように笑う彼のリアクションが、いまいちわからないでいた香澄は、腰のあたりを引っぱる力に気がついた。

「ん？　先生、どしたの」

振り返ると、香澄のエプロンの端を握った神堂が、なんだか困ったような顔で立っている。

「あの……ぼくもなにか、手伝う？」

「ああ、いいよ座ってて。ていうか、仕事は？　平気？」

めずらしいことを言う神堂に思わず微笑みかけると、隣の男がなぜかじっと香澄の顔を見つめていた。

「……なんです？」

「いや。微笑ましいなと思っただけで」

またお母さんとか言うつもりか。一瞬で険悪な目つきになった香澄の意識を引き寄せるように、神堂がエプロンを引っぱった。

「すること、ない？　ぼくだけ座ってると、落ちつかない……」

客の奎吾が料理をしているのがいたたまれないのかもしれない。小首をかしげるさまがかわいく、またもや相好《そうごう》を崩しそうになった香澄よりはやく、奎吾のほうが口を開いた。

「先生は気になさらないでください。勝手に押しかけただけですし、もうほとんどできてしまいますから、気にせず、お仕事なさっててください」

にっこり微笑んだ奎吾に、ひとの台詞《せりふ》をとるなと言いたかった。だいたい勝手に料理を習わせろと言ったのだから、香澄は気を遣うつもりなど毛頭ない。

「でも……なんか、したいです」

仲間にまぜて、と言いたげな、さみしげな上目遣い。あまりのかわいさに、状況も忘れて一瞬くらっとした香澄は、そのおかげで出遅れた。

「じゃあ、先生はサラダ担当でどうですか？」

「え」

「そのまえにエプロンしないと。兵藤さん、予備ってあります？」

「え、ああ、そこの棚に……」

はたと気づけば、「お借りしますね」と微笑んだ奎吾はさっさと替えのエプロンをとりだし、あまつさえ不器用な神堂の腰に巻きつけていた。

「兵藤さん用のだからかな、先生がするとヒモが余りますね」

「あ……すみません」

跪《ひざまず》き、ギャルソンタイプのそれを手際よく巻きつけてやる奎吾にたいして「それは俺の役目だ」と言い張るのはあまりにばからしいとわかっているが、おいしいところを持っていかれた感は否めない。

「ありがとう、ございます」

真っ赤になった神堂の足下で、奎吾はうさんくさいほどさわやかに「いいえ」と微笑みを浮かべている。

（つうかほんとに、なんなの、この状況⁉）

それは俺のエプロンで、ここは俺の台所で、俺の先生なのに。

ひとつも口にできない文句をぐっと呑みこんで、香澄は冷蔵庫からとりだしたレタスのビニール包装を、ばりばりとあけた。

＊　＊　＊

らしくもなく、お手伝いを申し出た神堂だったが、数分も経たずに自分が壊滅的なほど、料理という作業に向いてないことを痛感させられていた。

「あー、先生。レタスはもうすこしちいさく、ちぎって」

「こ、こう？」

「水気は切ったほうがいい、かな。うん、まあ、そんな感じで……」

本来、香澄が奎吾に料理を教えるはずの場面は、ふたりがかりで神堂の失敗をフォローする時間へと変化した。

すでに下ごしらえのすんでいる、ニンニクを塗りつけたボウルへとちぎった野菜をいれ、塩コショウとレモンであえる。仕上げに粉チーズとクルトンをかける。ただそれだけのことなのに、どうにもうまくできない。

「ちょっ、先生、はみでた、はみでた」

「えっ、いまレタス飛んだ!?　どこいった!?」

「粉チーズはそんなにどばっと……ああ、あ、まあ、いいか……」

料理上手なふたりをとことんはらはらさせたあげく、ボウルの周辺にはあれこれの残骸が飛び散り——味つけの際に熱心に混ぜすぎたせいで、すっかりくたくたになったシーザーサラダができあがってしまった。

「……ごめんなさい」

真っ赤な顔で涙目になった神堂が地の底まで落ちこんだ声で謝ると、香澄はおろおろと、奎吾はやさしい笑顔でなだめてくれた。

「だいじょうぶですよ、食べられるし。でも先生、あとはぼくたちでやりますから」

「あ……」

ごくさりげない仕種《しぐさ》で、奎吾がボウルを神堂の手から取りあげる。おまけに香澄までもが、なんだか困った顔をしていた。

「無理しないで。もう座っててていいから、ね？」

神堂はその言葉に、さらにショックを受けて黙りこむしかなかった。

「……ごめ」

「謝ることないからさ。仕事、してなよ」

香澄などは、もう奎吾の目などかまわずに、頭を何度も撫でている。それでも顔をあげないでいると、ため息をついた彼が神堂のエプロンと自分のそれをはずした。

そして神堂の手をとると、「すみません、ちょっと失礼」と奎吾に言い置いて、すたすたと歩きだしてしまう。

「か、香澄？　なあに？」

「もういまさらじゃあるけど、あいつの目のまえじゃちょっとね」

神堂を引きずるようにして台所をでた香澄は、廊下の曲がり角、台所から顔をだしても死角になって見えない位置で足を止め、いきなりぎゅっと抱きしめてきた。

「香澄……？」

「ちょっと充電」

頭に顎を乗せられ、ふうっとため息をついた香澄の言葉に、心臓が軽く縮んだ気がした。

「先生はさ、なんか考えてるんだと思うけど、ちょっとここんとこ謎すぎる」

「ご、ごめん」

「いや謝ることじゃないんだけど。英さん呼ぶって言ったり、いきなり手伝うって言ったり、ほんとに、どうしたの？」

きょうだけのことではなく、このところの神堂があまりに「らしくない」ことが気になると、香澄は心配そうに言った。

「新春会にいく直前なんかはさ、やっぱりいきたくないとか、すごくぐずってただろ。無理やり引っぱってったのは俺だったけど……そのあといきなり、自分からどんどん、取材とかOKするようになって。それってやっぱ、あのひとの影響？　メールでいったい、なに話してるの？」

じっと見つめられて、心臓が騒いだ。けれどいつものようにあまく、身体が浮きあがるようなときめきではない。ざわざわとして冷たい感覚に、神堂は乾いた唇を舐めた。

「まえにも……言ったけど、ほんとに、ただのおしゃべりだよ」

「それだって変だろ。先生そういうこと、するタイプじゃないのに」

香澄の疑問はもっともで、けれどうまく答えられない神堂は、黙ってうつむいた。

（ほんとにぼく、変だ）

正直言ってしまえば、最初にメールのやりとりをはじめたときは、ファンだと言ってくれる彼に失礼はできないと思っただけだった。

けれどさすがに万人を魅了する芸能人だけあって、神堂のような社会性のないタイプでさえ、警戒心をゆるめるほどの話術の持ち主で、そのうちに奎吾と話していることそのものが、苦ではなくなった。

神堂にとってめずらしいことに、楽しい、とさえ思うこともある。本当にいいひとだと思う。好きかきらいかで言えば、好きなほうだ。

奎吾は穏やかで性格もよく、読書やゲームの趣味も似ていて、神堂を理解してくれて、やさしい。最初は、香澄と同じにおいがすると安心できた。ひとを否定しない、誰に対してもオープンマインドでおおらかな、陽光性の人物だと。

(すごくいいひとだ。やさしいし、いやな感じはしない)

だがさきほどのように——とまではいかなくとも、メールのやりとりにおいて、ときどき、なにかが妙に引っかかる気がした。めったに他人に興味も持たず、アクセスすることすら拒絶する神堂にとって、彼が異例となったのはそのせいだ。

(でも、どうして?)

こんなに他人が気にかかったことなど、香澄以外でいちどもなかった。また、これほどに緊張を——パニック発作のそれとは違う意味で——覚えたことも、めったになかったのだ。

「なんかね。……しなきゃ、いけないって思ったんだ」

「しなきゃって、取材とか、仕事?」

「ううん、それじゃなくて。……メール、とか」

「なにそれ」

意味がわからない、というように香澄が顔をしかめた。自分自身でもはっきりとわかっていなかったものを説明できるわけもなく、神堂は唇を嚙んだ。

——マネージャーさんですよね。今回の映画では、お世話になります。

——クランクインの記念パーティー……兵藤さんも、いらっしゃるんですか？

奎吾と初対面のあのときは、すこしだけ嬉しかったのだ。

いままで打ち合わせだなんだと出席させられた際、香澄はあくまで神堂の付属物として見るひとが多く、無視されることも多かった。それを奎吾は最初から、きちんと敬意を持って対応してくれて、「いいひとだな」と感じたのだ。

「英さん、すごいなって……えらいひとなのに、気も配れて、こういうちゃんとしたひとで、でも歳はぼくと、ひとつしか違わなくて」

「……あんなふうにならなくちゃ、とか思った？」

背伸びしなくていいのに、と言わんばかりの香澄に、そうじゃないとかぶりを振る。彼の懸念は根本的に違うのだ。

「それは無理だし、そうじゃ、ないんだけど」

「けど？」

神堂はまとまらない言葉がもどかしく、いらいらと爪を噛んだ。

「かたち悪くなるから、そういうのだめ」

手首をとって離された指。大きくあたたかい手の持ち主に、どうして言えるだろう。

「先生はさ、先生のままでいいんだから。ほんとに無理するのやめよう？」

諸刃《もろは》の剣《つるぎ》と知りながら、あえてこの日をセッティングした自分は、香澄が思っているような、きれいな人間ではないのに。

香澄は、神堂にたいして奎吾がなにか特別な感情を持っているのだと、そう思っているらしい。けれどじっさいには、まるで違う。

神堂自身、奎吾との関わりを持ち続ける理由は、本当にわからなかった。ただずっと、なぜだか『自分が』奎吾と近づいていなければならない、という気がしてならないまま、いままで彼に接してきた。

そしてきょう、確信した。『自分が』という意識の影にいるもうひとりが誰なのか。

「先生？」

まっすぐに心の奥を見つめてくる、やさしい目。光があたると、髪に同じく金色になるその目に、ぐるぐると渦巻いている感情の正体が、はっきりと見えた。

(あのひと、ずっと香澄ばっかり、見てた)

料理にかこつけて楽しげに話しかけながら、嬉しそうだった。神堂の手を握っても冷静に観察しているようだった奎吾は、香澄の手が近づいただけで、うろたえたり、ほんのすこし顔を赤らめたり。

そういう事実を目《ま》の当たりにして、神堂のなかで、いままで断片的だった――というよりも意図的にちらばされていたパズルのピースが、どんどん組みあがっていったのだ。

――ぼくにご馳走させてください。よろしければ、兵藤さんもぜひ。

――そういえば兵藤さんはサーフィンをされるんですよね？

――じゃあ、兵藤さんのアドレス教えていただけますか？

――ああいうマルチなひとがいるのって、うらやましいなと思いますけど。

いつもいつも、彼が本当に近づこうとしていたのは、どちらのほう？

――どっちかっていうと、ひとの面倒見たいほうかもしれないですね。がんばってる忙しいひとのことは、とくに……フォローしてあげたいっていうか。

(あれは、ぼくじゃ、ないよ……香澄)

奎吾が手を差し伸べたいのは、神堂ではない。そしていつでも、自分なら、香澄を助けることができる。そういう意味ではないのか。

「……先生、どうしたの？」

気づけば、香澄の手を無意識にぎゅっと握っていた。そんな自分の行動に驚き、また誰かに見られまいかと思えば怖いのに、この手を離すことはもっと怖くてできない。

（こんな、心配かけて。英さんだって、きっと、なんなんだって思ってる）

奎吾は香澄を、露骨に奪おうとまでは、していない。もしかしたら自分たちの関係に気づいて、からかって遊んでいるのかもしれない。物語のさきを考えるのと同じで、いくらでも『もしも』は想像できる。

けれど想像だからこそ、怖いのだ。そして、ただの妄想だと言いきりたくてもできないのは、けっきょく神堂が問題なのだ。

（だめなのは、ぼくだ）

ああいう、ひとに愛されるためにいるひとをまえに、コンプレックスが刺激されないとは口が裂けても言えないし、どちらかといえば、苦手だ。

香澄と出会ったときにも思ったけれど、産まれながら他人を惹きつける魅力を持ったひとはいる。自分とは――ぜんぜん、違う。

いまの香澄は、奎吾にたいして間違った対抗心を持っているようだけれど、もし――もしも、本気で奎吾が香澄を振り向かせようとしたら？

（それでも、だめでも……ぜったい、香澄だけは、だめ）

心にも身体にも、はじめてふれてくれたひと。この手を離さないために、どうすればいいのだろう。

「先生、ほんとにどうかした？」

「なんでもない。だいじょうぶ」

顔をあげ、香澄の目を見てかぶりを振った。

「だいじょうぶ。がんばれるから。信じてね？」

「え？」

「ぼくはぼくの、したいことしてる、だけだから」

唐突な言葉に、香澄は目を瞠った。そしてこのところ見せることの多くなった、気遣いに翳《かげ》る目で神堂を見つめる。

「そんなに、弱くないよ。心配しなくても、いいから」

「……そう？」

何度もうなずき、案じるような香澄の目を見つめて微笑んでみせる。

「台所、戻ろう？　英さん、待ってるし」

「待たせときゃいいでしょ」

いけないことだと思うのに、香澄が彼に冷たくしているさまを見て、ほっとしてしまう。そんな自分がとても汚いものに思えて、また落ちこんだ。

(そんなんじゃ、だめなんだ。できることだけでいいから、やらないとだめだ)

器用で、背が高くて自信に溢《あふ》れている、誰からでも愛されるひと。たぶん、なにもかも勝てないけれど、気持ちだけは譲れない。

（だからもっと、もっとがんばらないと）

足りないものばかりだ、とため息をつく横顔を、香澄が心配そうに見ていることに気づかないほど、神堂はめいっぱいになりすぎていた。

＊　＊　＊

神堂はそれからも、取材そのほかに関して協力的な態度を変えなかった。そのせいもあって野々村はますますヒートアップしていき、香澄の猛反対をものともせずにスケジュールを詰めこんだ。

どうでも逆らったのはテレビ出演と、直接おこなうサイン会。顔だしばかりは神堂も首を縦に振ることはなかったけれど、「だったら」とまた譲歩を装った駆け引きが続いて、連日怒鳴りあうことに、香澄もかなり疲れていた。

とはいえ映画のタイアップ狙いのキャンペーン期間は決まりきっている。短期決戦となった取材攻勢も、いよいよ大詰め、残すところあと一本の、自宅探訪のみとなった。

「こちらが仕事部屋ですか！　わあ、ほんとに素敵ですね」

あかるい声をあげたのは、文芸雑誌の編集であり、今回のインタビュアーでもある女性だ。純和風の部屋に不似合いなパソコン類はともかく、手いれと掃除の行き届いた和室は、かなり綺麗になる状態だった。

神堂は、着物を着て、自宅へと訪問した文芸雑誌の編集者たちを迎えた。背後の香澄は、仏頂面を隠す様子もないままだ。

――朝に脱稿する予定の原稿抱えたままで、なんでその日に取材のOKだすんだよ。しかも自社の雑誌なら融通きかせて当然だろうが……どこまでふざけてんだ。

日程を知った日から、彼はずっと怒り続けていて、この朝もまた「いまからだって、断ったっていいんじゃないの？」と提案してきたくらいだった。

むろんそれを突っぱねたのは、仲井でも野々村でもなく、神堂だ。

――だめだよ、もうOKしちゃったんだから。二時間くらい我慢すればいいだけだから、香澄も協力して。

お願い、と頭をさげた神堂に、香澄はなにを言うこともなかった。

正直言って、疲れていないとは言わないし、苦手意識も変わっていない。毎日、手足の先は冷たいままで、寝るまえには香澄がずっとこすってくれた。

取材取材で時間と神経をすり減らしているため、集中力がとぎれがちになり、本業の仕事も遅れ気味だ。となれば当然削られるのは睡眠時間と体力で、この日の神堂のコンディションは、けっしていいとは言えなかった。

（ちょっと、おなかいたい……かな）

原稿中、眠気ざましにドリンク剤を飲み、コーヒーばかりがぶ飲みしたせいかもしれない。インスタントならば自分で作れるからと、思いきり濃くして飲んでいたが、途中で香澄に見つかり、さんざん怒られた。

――あんた一時期それでカフェイン中毒になりかけたのに、またやるつもりですか!?　頭痛と吐き気ひどくて、しばらく通院したでしょうが！

どかんと雷を落とされ、ドリンク剤は没収された。飲みものは、ミルクたっぷりの〝コーヒー牛乳〟のみ許可され、それでは眠ってしまうと訴えたら、ミントのアロマオイルを持ってきて頬と鼻筋、鼻の下に塗りつけられた。

サーファー仲間の麻衣《まい》さんがハーブ＆アロマグッズのショップに勤めていて、身体にやさしい眠気覚ましだから、先生にどうぞとプレゼントしてくれたそうだ。

――刺激ならこれで。あとは、眠くなったら起こしてあげるから呼びなさい。

寝たら呼べないと愚痴ったところ、じゃあ定期的に様子見をすると言われ、結局香澄までもが徹夜につきあう羽目になってしまった。

そのうえ、夜が明けたら取材攻勢。当然、片づけも掃除もお茶の手配も、すべて香澄の仕事であり、彼がむすっとしているのは眠いせいもあるのだろうと思えば、申し訳なくてたまらない。

「窓からは、お庭が見えるんですね。いつもここで執筆されているんですか？」

はしゃいだような女性の声にはっとして、神堂はあわてて顔をあげた。

「ええと、はい」

「いい眺めですものね。きっとインスピレーションの源はここなんですね！　ほんっとに素敵ですね～」

どうにかテンションをあげさせたいのだろう、大仰なインタビュアーに、神堂はあいまいな笑みを浮かべてみせる。そして期待に応えられるような自分でなくて、ごめんなさいと思い、しくしく痛むおなかに、そっと手をあてた。

「庭もお手入れされてますけど、これは先生がご自分で？」

「いいえ、そんな器用なことはできないので。マネージャーの兵藤くんと、庭師さんにお願いしています」

じっさいには、神堂が筆を執るのはほとんど真夜中だ。雨戸も閉め切って、窓の外を眺めることなどめったにないし、〆切が近づいてくると部屋のなかはぐちゃぐちゃにとっちらかった状態になる。

資料本が散乱し、服は脱ぎ散らかしたまま。香澄がくるようになる以前のように、カップ麺の残骸が転がっていることこそないけれど、基本的にはひと晩あれば汚部屋を作ることができるのはいっそ特技かもしれない。

それを片づけ、窓辺に花まで生けて部屋を整えたのはもちろん香澄だ。

（けさも、怒られたっけ）

——どうして取材くるってわかってるのに、こんなに散らかしたんですか!? っていうか、なんでひと晩でここまで散らかせるんですか！

まったくもう、といいながら、短時間でここまで掃除をし、きれいに部屋を片づけられる香澄の能力には毎回感服してしまう。思いだし笑いをした神堂の横顔を、カメラがぱしゃりと音をたててとらえた。

びっくりして目をまるくした神堂の代わりに、香澄が低い声をだす。

「撮影は、許可をだしてからじゃなかったんですか？　しかもいま、顔、撮りましたよね」

「す、すみません。いいお顔だったので、つい……」

一九〇センチ近い大男にねめつけられ、カメラマンは恐縮したように肩をすくめた。神堂は「かまわないです」とかぶりを振ってみせる。

「ただ、契約上、顔をだすのは困るので……」

「むろん、掲載はいたしませんし、チェックはしていただきますから、はい」

納得いかない顔をしている香澄に、神堂はまたかぶりを振った。

（だいじょうぶだから）

（ほんとに？）

視線で会話しながら、うなずいてみせる。

けれど本当のところは、まったくだいじょうぶではなかった。突然、顔を撮られたことで、ただでさえ緊張していた神経がひりつきはじめている。

だんだん顔が火照《ほて》り、指先が細かく震えだしているのがわかっていた。気づかれまいと、着物の袖をつまむようにして隠す。

（だいじょうぶ。いまはいろんなひととも話せるようになった。知らないひとでも、話せるようになったんだ。……それに）

ここには、香澄がいる。なにかあったら助けてくれる。

静かに深く、何度か呼吸を整えて、神堂は言った。

「平気、ですから。ここの部屋で撮れるものがあったら、どうぞ」

その笑みのぎこちなさに気づいたのは、恋人でもあるマネージャーただひとりだっただろう。世界でたったひとりがわかってくれていれば、案外と強くいられることを、いまの神堂は知っていた。

だが限界を知らない作家は、すでに自分の神経が処理能力の限界を超えていることに、気づいてはいなかった。

「――それじゃ、居間に移ってインタビューをお願いします」

撮影が終わり、場を仕切っていた野々村の声に、一同は部屋を移った。

香澄が人数分のコーヒーを淹《い》れ、まずはさきほど注意を受けたカメラマンが口を開く。

「お話の間に、いくつか写真を撮りますが、それはOKですか？」

了承とうなずいて、インタビューがはじまった。

「何作か著書が映像化されていますが、なかにはずいぶんと原作からアレンジされたものもありますよね。そういうものについては、どうお考えですか？」

「映像作品と小説は、まったくべつのものだと思っているので……それぞれのかたちが完成しているのであれば、たとえ結末が変わってもかまわないと考えています」

受け答えについては、先日の対談におなじく事前に打ち合わせされている。質問事項も、神堂が答える内容も、仲井、野々村、香澄の三人が目をとおして、答えにくいものについては却下されていた。

当然ながら、いま神堂が口にした返答も、ざっくりとした事前の質疑応答をもとに、メールのやりとりで用意しておいたものだ。インタビューを担当する編集者はかつて仲井の部下でもあったらしく、かなり融通をきかせてくれたと聞いている。

あの日との違いは、フォローをいれてくれた話が達者な奎吾がこの場にはおらず、たまに香澄が「それはちょっと」と止めることはできても、誌面に載る言葉についてはすべて、神堂ひとりの責任になる、ということだけだ。

（怖い、な）

どうせ文字起こしするんだから、最初から文書でやりとりするのはだめなのかと問うてはみたが、それは通らなかった。

――あの神堂風威にインタビューした、っていうのが今回の目玉なんですから。

野々村はそう言ったけれど、これってやらせじゃないのかな、とちょっとだけ神堂も思う。だが引き受けたのは自分だし、やれるだけのことはやろうと思った。

それでも直接の取材を、自分のテリトリーである自宅で受けることになった神堂のプレッシャーを考えてか、ひさしぶりに仲井はこう助言してきた。

――これは、はっきりいってパフォーマンスだから。神堂風威って作家のイメージ作りみたいなものだ。本当の姿なんか、さらさなくていいんだからな？

（お仕事で、お芝居するようなものなんだ）

だから怖くない、本当の丸裸の自分を見られているわけじゃない。必死に言い聞かせながら、神堂はどうにか表情を保った。

（それにこの間、ひとつ技も覚えたし……）

膝のうえで、こっそり架空のキーボードを打ち続けていれば、すくなくとも思考停止にはまって黙りこむことだけはない。こればかりは、先日の対談で得た大きな成果だ。

そんなことをしなくても、すらすらと淀みなく語り続けることのできる〝彼〟のことは、いまは考えない。

考えたら、自分との違いが情けなくなって、つぶれてしまう。

ぎこちない言葉と表情で、それでもそれが自分自身なのだと必死に肯定し続ける神堂のなかで、鈍い痛みが次第に膨らみはじめていた。


「……では、これで終了です、ありがとうございました」

「ありがとう……ございました」

さほど長くはないはずのインタビューは、永遠にも思えたが、ひとまず用意されていた質問事項を答えきったときには、すさまじい虚脱感に見舞われていた。

もうこれで、予定されていた取材はすべて終わった。ほっとして息をついた瞬間、カメラマンが手をあげた。

「すみません、追加であと、もうすこし写真を……」

「またですか？　もう充分、撮影はしたでしょう」

香澄がきつい声で遠慮してくれと言うけれど、目の端にはいってきた野々村とカメラマンの不服そうな表情に、神堂は思わず「いいですよ」と口にだしていた。

「でも、先生」

「あとちょっと、だから。写真撮るだけだし、それなら、なんとかなるから」

心配そうな香澄の顔を見あげ、どうにか笑ってみせる。

「それじゃ、あと三枚ほど」

こちらに座って、こっちを見て、と指示をだされ、フラッシュを焚《た》かれる。何度か、その光を正面で見てしまって、網膜に光の残像が焼きつき、目がちかちかした。

（あれ、やばいかな）

まばたきしても、その白っぽい影が消えていかない。あとすこし、もうほんのすこしなのに、急に五感が鈍くなる。

「……先生？」

「先生っ、どうしたんですか⁉」

何人かの、心配そうな声がした気がする。けれど、きんとなった耳鳴りの音が激しくて、おなかがぐるぐるとまわりはじめた。

（え、なに、これ）

内臓が、びくびくびく、と奇妙な痙攣《けいれん》を起こした。そして猛烈な激痛が襲い、腹部を押さえてまるくなる。

「……裕！」

カメラマンを押しのけるようにして、香澄が近づいてきた。霞《かす》む目で見つめた彼は真っ青で、そんな顔をさせてしまったのが申し訳ないと同時に、頼りたくてたまらなくなる。

「かずみ……おなか……いたい」

「わかった」

短く答えた香澄はうなずいて、神堂の身体を抱きあげた。大きな身体に支えられ、ほっとして神堂は目をつぶる。

「申し訳ないんですが、本日はお引き取りください。このまま、病院に連れていきますので」

「せ、先生はだいじょうぶなんですか？」

「だいじょうぶなわけがないだろうが！」

おろおろした声で言ったのは野々村らしいけれど、語尾にかぶせるようにして叱り飛ばす香澄の声が大きすぎて、よくわからない。

「かずみ、どなっちゃ、だめ……」

女のひとに怒ったらだめ。それだけつぶやいて、神堂の意識は完全に落ちた。

＊　　＊　　＊

その夜の神堂宅に、仲井が謝罪と称して訪れた。

「いまさら、なんですか？」

「今回は、本当に先生に無茶を……」

「わかってさせておいて、倒れたら頭さげりゃいいってことですか。やっすい謝罪ですね」

玄関で仁王立ちのまま睥睨《へいげい》する香澄に対し、さしもの仲井も神妙な顔で頭をさげる。

香澄のうしろで真っ青な顔のまま、おろおろとするだけの野々村は、きつい皮肉に顔を引きつらせていた。

（ふざけんな、こいつら、ほんとに）

彼女にたいしては、神堂が病院に運ばれて以来、ひとことも口を利いていない。話しかけられても完全に無視をした。ひとたび口を開けば、女性相手に罵詈雑言《ばりぞうごん》を飛ばしかねない自分をわかっていたからだ。そして神堂が、それはするなと言ったからだ。

（怒るなとか。無理だっての）

そもそもがひきこもりの神堂にとって予想外のメディア露出は神経に障っていたらしく、救急車で運ばれたさき、急性の胃痙攣《いけいれん》を起こしてしまったのだろうと言われた。

――胃穿孔《いせんこう》もなりかけてましたけどね、幸いちいさなものですから、薬で充分でしょう。

医者には過労とストレスが原因だろうから、数日ゆっくり休めば問題ない――との診断だったが、そこが問題ではもはやない。

香澄は、今回の事態を引き起こしたすべてに対し、烈火のごとく怒り狂っていた。

「兵藤くんのお怒りもわかるんだけど、せめて本人に謝らせてくれないか？」

「誰ですか？　本人って」

「誰って……」

見せたこともないほど冷ややかな香澄をまえに、仲井が戸惑ったような顔をした。広い肩を上下させた香澄は、喉《のど》の奥から絞りだすような声でうめく。

「まえまえから言いたかったんですけど、仲井さん。あなたいいかげん、神堂先生を〝裕〟って呼ぶの、やめてくれませんか」

「それは、どういう？」

香澄は、肺からすべて押し出すようなため息をついた。腹の底はマグマのように煮えたぎっているのに、この吐息が炎にならないのがおかしいくらいだ。

「都合のいいときだけ作家としてのプロ根性押しつけながら、そのじつどっかで〝幼なじみの裕〟扱いしてますよね」

仲井が虚をつかれたように押し黙った。二年のつきあいで、香澄がこの男を言い負かしたのははじめてだったけれども、すこしも嬉しくない。

ほんとうに、これっぽっちも、嬉しさなど感じられるわけがない。

「本気で作家として扱いたいなら、ちゃんと距離置いてそれなりの敬意を払ってくださいよ。

そうでなく、友人として関わりたいならもっと思いやり示してくれ。あんたのスタンス、ぶっちゃけころころ変わりすぎてて、俺にはその場その場で責任逃れしてるようにしか見えない。止めるのは俺の仕事だとか丸投げ、どっかの誰かの無茶ぶり企画もオールスルーで。結果どうなるのか、わかんないほど頭悪くないだろ」

ぐうの音もでない様子の仲井に、香澄の目が、怒りに赤くなった。

「なにより、あのひとの性格知ってるあんたがそれをやったことが俺は許せない」

そして俺も俺を許せない、と、香澄は唇を噛んだ。

真っ青な顔で、だいじょうぶ、がんばるから、と言い張る彼を、縛りつけてでも止めればよかったのだ。

「なあ、答えろ。あんた、神堂風威つぶしたくてこんな無茶させたのか！」

こらえきれずに怒鳴りつけると、仲井は静かに頭をさげた。

「返す言葉もありません。申し訳ございません」

「謝ったって、あのひとの胃に開いた穴がふさがるわけじゃねえだろうがっ」

感情まかせに壁を殴りつけ、背後にいた野々村が「ひっ」と息を呑んだ。

そして、頼りない足音が近づいてくる。

「香澄、だめだよ。ぼくがいいって言ったことは、ぼくの責任なんだから」

ふらふらしながら現れた神堂の顔色は、灰緑色の寝巻きの色も相まって、青白かった。仲井はその顔を見てさすがに衝撃を受けたらしく、顔色をなくす。

「ちょ、なに起きてきてんの！」

「だって香澄の声、うるさいよ？」

力なく笑ってみせる神堂を抱きあげ、香澄はすぐに寝室へと連れていこうとした。

すぐそばにいる野々村は、青ざめた顔のまま唇を嚙みしめ、立ちつくしている。無視して通りすぎようとした瞬間、神堂が細い声で「野々村さん」と呼びかけた。

「はっ、はいっ」

「気にしないで、いいですから。ぼくが、やるって言ったから。ね」

かすれた声を聞いたとたん、野々村はどっと涙をこぼした。全身ががくがく震え、その場に倒れるような勢いで頭をさげる。

「申し訳ありませんでした！」

「いいから……」

「わた、わたしが無茶な、わたしの、せきに……っすみません！」

叫ぶなり、彼女はその場から走りだして、外へと向かった。どこへいくつもりだと思ったけれど、おそらく門まで行き着く途中で足が萎《な》えたのだろう。庭先から、泣き声が聞こえてくる。苦虫を嚙みつぶしたような顔になる香澄だったが、腕のなかから聞こえてきた声のあまりの暢気《のんき》さに脱力しそうになった。

「……ご近所さんに、変な話題提供しちゃうかなあ……」

「先生はもういいから、寝なさい」

「女のひと泣かせたら、よくないよ、ねえ……」

困った顔をした神堂だったが、疲れには逆らえなかったらしい。胃カメラを飲んだ際に鎮静剤を処方されていたせいもあるのだろう、布団に横たえるとあっという間に眠りについてしまった。

しばらく寝顔を眺めていたかったけれども、玄関先に放置したまま仲井を放っておくわけにもいかず、香澄はため息をついて立ちあがる。

「……まだそこにいたんすか」

たたきに立ちつくしたままの彼を睥睨すると「お許しがでないものは」と肩をすくめる。さきほどは感情的に怒鳴りちらしてしまったけれども、香澄もまた神堂のひとことで怒りをおさめるしかなくなった。

——ぼくが、やるって言ったから。ね。

あのひとことで、三人が三人ともいたたまれなさを味わったのは事実だ。

「……野々村さんは？」

「まだ庭でべそかいてるから、さっきコートだけ渡してきたよ。ま、しばらくほっといてやって」

なんだかんだと如才ない男に舌打ちして、「とにかくあがってください。そんな場所じゃ寒くて話をする気にもなれない」と言い捨て、香澄は長い足で居間に向かった。

とりあえずコーヒーを淹れ、居間のソファセットで向かいあう。カップを手渡したところ、ひとくちだけすすった仲井は彼らしからぬ深いため息をついた。

「さてと。どこから謝ったらいいかな」

「本人に謝るのがさきじゃないですか」

「でもいまは寝ちゃってるだろう。さっきも、薬が効いてたのか、なんだか朦朧《もうろう》としてたみたいだし……」

言葉を切り、ため息をついた仲井はカップを置くと、ソファから降りて正座した。苦々しい顔をする香澄をまえに、深々と頭をさげる。

「まずは編集長として、社を代表いたしまして、このたびのご迷惑をお詫び申しあげます」

「……そういうパフォーマンスはいらないです」

「いや、これは心底本気で」

顔だけはあげたものの、仲井は正座のままだった。

「さっき兵藤くんに言われたことについては、正直ぎくりとしたよ。そんなつもりはなかったけど、たしかに場面によって、立場は使い分けてた」

「あれは……」

なにかを言いかけた香澄に手のひらを見せ、「いや」と彼はかぶりを振った。

「完全に無自覚だったなんて言い訳はしない。事実、俺はそうやって裕を――いや、神堂先生を使ってきたからね。担当でなくなってからも中途半端に関わって、そのくせ保護者の自分が抜け切れてはいなかった。そこについては反省するし、あらためようと思う」

「べつに、幼なじみのこと切り捨てろって言ったわけじゃないですよ」

「わかってる。もうすこしオンオフを切り替えるつもりでいるよ」

真摯《しんし》な目をする仲井に、香澄は「もういいです」と告げた。

「正直、先生のほうも〝たかちゃん〟でいてくれたほうが助かる部分もあったんだろうし。俺が口だすことじゃなかったと思います。すみません」

二十年以上の歴史があるふたりに、たかだが二年とすこしの自分が口をだすのもおこがましかった。そう言って香澄は「ソファに座ってくれ」と告げる。仲井はもう一度だけ頭をさげ、香澄と視線のあう位置に座りなおした。

「ただ本当に今回のような無茶ぶりだけは、二度と勘弁してください。野々村さんが暴走気味なの、わかっててなんで止めなかったんですか？」

「んん、それについてはまあ、言い訳したいこともあるけど……俺的にも想定外じゃ、あったんだよね」

「想定外？」

香澄がどういう意味だと身を乗りだせば「煙草《たばこ》いいかな？」と彼はパッケージをとりだした。うなずいて、以前から置いてある仲井専用の灰皿を渡す。

煙草に火をつける仲井を眺めながら、二年まえにも、彼はこうして話の腰を折ったことがあるのを思いだした。そのときは、妙に摑めない男だと思ったけれども、すこしわかってきた。おそらく思案をまとめる間がほしくて、彼は煙をくゆらすのだ。

仲井が、ゆったりと煙を吐きだしながら口を開く。

「まず、野々村の件。今回のことで猛省もしただろうし、今後も彼女を担当にしておきたいと思うんだけど……」

「それは先生が起きてから、彼の意向で決めたいと思います」

香澄が返答を回避すると「おお、言うようになったなあ」と笑った彼は、もういちど煙草を吹かして続きの言葉を口にした。

「あの子ねえ、転職前の会社で、いろいろあったんだよ。で、気合いはいりすぎちゃって」

「いろいろって？」

「よくある話なんだけど。とある作家にいれあげすぎて……女としてもいれあげちゃって」

「ああ……」

細かいことを言われずとも想像がつく、と香澄は顔をしかめてうなずいた。理解の色を見てとったのか、仲井は野々村の過去について、ざっくりとした概要を語った。

野々村はかつて、女好きで有名な壮年男性作家の担当だった。業界内でひっそりささやかれていたスキャンダルがゆえに、表にでてはいないけれど、彼らが愛人関係に陥ったのは、一部では有名なことだったらしい。

「ほとんど奥さんだったんだよ。文芸妻っていうの？　それこそ兵藤くんみたいに身のまわりの世話して、スケジュールも切り盛り、取材にはその日の朝言われたら海外にでもいっしょに飛んでく、みたいな。ほんとに言いなり」

「でもその、愛人ってことは、正妻……がいるわけっすよね」

不愉快さを隠せずに香澄が言うと、仲井は目を伏せてうなずいた。

「いるよ。別居生活二十年って感じだけど」

ならば、ほぼ夫婦関係は破綻《はたん》しているわけだ。書類上の婚姻関係があるとはいえ、それならばまだ情状酌量の余地はあるかと香澄が納得しかけたところで、仲井が苦い声を発した。

「ただ相手の先生、けっこうしたたかでねえ。おいしいとこだけ食い尽くして、約束は守らなかったんだって」

「約束？」

いやな予感を覚えた香澄の耳に、仲井の声はめずらしく露骨に苦々しいものとして響いた。

「だからね、そんだけ尽くしたら優先的に、きみのところの原稿を書くよとかなんとか、あまいこと言ってたわけだよ。文学だの文芸だののジャンルだと、原稿とりに何年ごしってのもめずらしかないしね。大御所だったんで、編集長もご機嫌とっとけ、って感じでいたの」

ところが、三年近く野々村をいいように使いまわしたその大御所は、数年ぶりの新作を、彼女とはまったく関係のない会社のほうへと渡してしまった。しかも、さんざん野々村を振りまわした取材旅行をネタにした新作には、彼女との性愛にまつわるなまなましいエピソードまでが綴られていたという。

「私生活をネタにされて、しかもそれ、よそに売り飛ばされた、ってことですか」

いやな男だ、と香澄は顔を歪《ゆが》める。仲井もそれは同意らしく、ため息をついた。

「そういう破天荒なひとたちがたくさんいた時代には、ざらなことだったんだけどさ。生活費や取材費を編集部が用意しても、いつお玉稿をいただけるのかわからない。それでも貸しを作っておけば、いずれうちにも返ってくるだろう……みたいなね。ただ、それ、いまどきあんまり、ないんだよね」

「ですよね。けっこうビジネスとして、きっちりやってたり、エンターティナーとしてわりきってる感じの作家さんが多い印象があります」

しょせんはここ数年の付け焼き刃な知識でしかないが、香澄もそれなりに出版業界のことを学んだつもりだ。そして外部から見ていたときの印象とは違い、〝芸術家〟としてよりも

〝商業作家〟として自分をプロデュースする作家が多いことを知った。むしろ神堂のように、いままでその手のことに拘《かか》わらずいられたのは、ごく希《まれ》な例なのだ。

「情けない話、出版不況も長くて、体力ないのも理由のひとつだけど。いまは作家が職業人としての意識を持って、きっちり定期的に刊行するようになってってるしね」

仲井の煙草を吸いつける感覚が短くなった。もしかして彼のこれは、ため息をごまかすためのものなのだろうかと香澄は思う。

「……だからこそ、野々村のあれは、前時代的な、いまどきめずらしいケースだった」

仲井はけっして名前を口にはださなかったが、相手の作家はそのときすでに五十代後半、当時の野々村はまだ二十代だった。三十近い歳の差がある老獪《ろうかい》な作家には、小娘ひとりまるめこむなど、簡単な話だったろう。

「野々村はだまされた、裏切られたって思いが強すぎて、自滅しかかってたんだよね。性格もねじまがっちゃって。気づけばあたら花の二十代を、スケベオヤジに食いつぶされただけ、原稿がとれなくて叱責されたのは彼女だし、キャリアはずたずた、心もずたずた」

やりきれないにもほどがあるだろう。仲井は苦く吐き捨て、その後にやりと笑った。

「それでまあ、業界に失望して、転職するっていうから、俺が拾ったの」

「え、仲井さんが？」

「うん。若い女だからって理由だけで、そのスケベ作家につけられたわけじゃなくてね、あいつ、そのヒヒジジイに転がされるまえは、ほんとに優秀だったんだよ」

いつのまにやら、問題の作家にたいする呼称がすごいことになっているが、仲井もそれだけ憤りを感じていたのだろう。

「若手作家のイキのいいやつでヒット作った実績があって。そのうちのふたりは、直木賞候補になってるし。それ無理やりはずさせて、編集つぶしやって、なにやってんだか……って、これじゃ愚痴だな、すまん」

「いいえ、気持ちはわかる気がしますから」

香澄がそう告げると、仲井は苦笑して煙草をもみ消し、コーヒーをひとくちすすった。

「なんていうか……そういうのいろいろ鑑みて、いまの彼女と、裕……じゃない、神堂先生とは、相性がいい気がしたんだ」

「あの強引なプロモーションの、いったいどこが？」

香澄は顔をしかめたが、仲井はなぜかにやりと笑う。

「でも裕は気にしてなかっただろ」

「そりゃ……でも、引きずりまわされて、疲れて」

「だからそこは限界きたら、きみが強引にでも止めると思ってたんだよ。ていうか、兵藤くんが言えばなんでも聞くだろうって、タカをくってたとも言うけど。これが失点その一」

ざっくりくることを言い捨てた仲井に言葉をなくしていると、彼はふっとため息をついた。

「いや、責めるわけじゃないんだ。本当にそれで〝止まる〟と思ってたんだ。というよりもむしろ、野々村が押しまくった企画だの取材、たとえば十のうち、ひとつでも引き受ければ御の字だろうって。すくなくとも、二年まえまではそうだったから」

「そう……ですね」

「あそこまでがんばりやさんに……まあちょっと方向間違ったけど、なると思ってなかった。その辺を見抜けてなかったのは完璧に、俺が見誤った。これが失点その二だ」

「それは、俺も同じだと思います。さっきは、責めちゃいましたけど……先生、どっかムキになったみたいに引き受けて、俺がいくら言っても聞かなかったんです」

それでも、それこそ仲井が言うように自分の言うことならとタカをくっていたのだ。けれど——理由こそわからないが、今回の神堂はひどく強情で、倒れそうになりながらもひとまえにでることをやめようとしなかった。

「なーんかありそうだなあ。ただ単に仕事意識に目覚めたとか、いきなり成長したってわけじゃなさそうだし。そのへん、ちゃんと訊きだしてみたら？」

「そうですね。でもやっぱり、俺が——」

香澄が詫びようとすると、仲井は手を振って「やめやめ」と言った。

「本来の作家と編集としての立場なら、きみの言ってることが筋なんだ。ただ俺も、神堂風威も、ちょっと長いことイレギュラーな仕事のやりかたしすぎて、馴れあいがあったのも事実だからさ。まあこりゃ失点以前だけど」

それはさておき、と仲井は苦笑に歪んだ顔をあらためる。

「神堂風威って作家ってね、ある意味じゃものすごく面倒くさい作家なんだけど、ある意味じゃものすごく楽ちんな作家なんだ」

「面倒くさいけど、楽……？」

どういう意味だ、と香澄が目をしばたたかせたら「編集じゃなきゃわかんないだろうけど」と仲井は言った。

「兵藤くんも多少業界についての知識は増えただろうけど、生で知ってる作家は裕……あー、神堂先生だけ、編集は俺だけだろ。ちょっと印象が偏ってると思う。さっきも言ったけど、俺ら相当異例なのさ」

それは理解した、と香澄がうなずく。仲井はさきを続けた。

「あとね、なんつったらいいかな。裕みたいに、ネタからぜんぶほっといてもひとりで原稿書きあげちゃうタイプの作家って、案外、すくないんだよ」

「……え？」

意外なことを口にされて、香澄は目を瞠った。

「じつは編集と二人三脚で話を考えたりする作家のほうが主流だったりする。そういうサポートをするのも編集の仕事だし、場合によっては担当のほうが主導で話考えちまうような、アーティストタイプの編集もいる」

「え、そ、それってゴーストみたいなもんじゃ」

「ていうのとも、ちょっと違うかなあ。まあ、果てしなく共作に近いことやるのもいるよ。漫画の編集なんかだと、そのまんま原作者になっちゃうのもいるし」

作家というのはそれこそ神堂のように、一から十まで自分の内的な世界からわきあがってくるものを綴っているのだと思っていたので、かなり驚いた。

「でまあ、気むずかしい作家も多いから、ご機嫌ずっととってないといけなかったり、同業他社の作品だろうとなんだろうと、目をとおしてないと怒られたりもする。基本、褒められたいひとが多いからね」

「ははあ」

自意識が強く、プライドも高い。そして神経質かつ繊細で、扱いがむずかしく、どこでへそを曲げるかわからない。そういう、一般的な『作家』という生き物のイメージは香澄にも理解できたので、うなずいた。

「でも、ゆた……神堂風威は、違う」

「もういいですよ、いちいち言い直さなくても」

さきほどから何度も訂正しているのを聞いていて、香澄はだんだんおかしくなってしまった。都合のいいときだけ利用して、立場を変えるな、などとなじったけれど、仲井はおそらく、幼なじみの〝裕〟と作家の〝神堂風威〟を切り分けて考えてなどいないのだ。

そしてその、ある意味編集として保護者として、ごたまぜになった愛情が、いまの神堂を作りあげてきたのも嘘《うそ》ではない。

「どっちも、先生は先生ですから。好きに呼んでください。あと、いまはプライベートですしね」

「あ、そういやそうか」

なんかごっちゃになった、と笑う仲井は、「話戻すけど」とあたらしい煙草をくわえ、火をつけないままにゆらした。

「なんていうのかな。裕は比較的変人の多い作家のなかでも変わり種なんだけど、いちばん変なところって、他人に対しての興味がないところなんだよな」

「でも、人嫌いな作家さんっていそうですけど」

文豪などにも偏屈な人間がいたではないかと問えば「ああいうのはたいてい、自意識と自己愛がひっくりかえっての人嫌い」と乱暴にも仲井は言いきった。

「そもそも、裕は作家になろうなんて思ってなかったんだ。俺が強引にやらせたようなもんで。そのせいなのかもしれないけど、あいつ、作品を世にだしたあとのこと、本気でどうでもいいんだよ」

「あ……たしかに」

最初のころ、神堂の本を読んだと香澄が言っても、あまり反応がかんばしくなかった。思い返せば、香澄はマネージャーのようなことをしてはいても、扱うのはあくまでスケジューリングと健康管理のみ。彼の創作についての部分はノータッチだ。

そのまま香澄はあまりふれてほしくないのかと思い、作品を読んでもコメントすることはしなくなった。

「あれ、でも、英さんに褒められたとき、嬉しそうでしたけど……」

このところ、自分の心をわずらわせていたできごとを思いだした香澄の言葉に、「褒められれば、一応喜んでみせるんだけどね」と仲井はなぜかあきれたように言った。

「本当のところ、恥ずかしいからあまり言われたくないらしいんだ」

その言葉に、香澄ははっとした。たしかに、ありがとうとは言っていたが、あの反応は純粋に喜んでいたとは言いがたい。むしろ、戸惑うような顔を見せていた。

——え、あ、あれ、読んでくれたんですか。

——そ、それ、ぼくの……『異《あだ》しの累《るい》』ですか。

(そうだ。どっちのときも、先生は嬉しくて赤くなったんじゃない。あれは、赤面症だ)

驚いて、戸惑って、どうしていいのかわからない緊張から来る赤面。

香澄との日常で、たとえば神堂が本当に——彼の気にいるおやつを作ってあげたときだとか、そういう些細なできごとで目を輝かせるときの、うっすらと赤く染まる頬と、あの反応とはまるで違う。

思い返したできごとが、まるで違った側面を見せたことに戸惑う香澄へ「もうわかるだろ」と仲井は言った。

「吐きだしたいから書いてるだけ、ほんとにそれだけなんだ。そんなんでもふつう、他人からの評価が怖くなったりもするはずなんだけど、裕は気にしない。もともと、自分のなかから切り捨てたいと思ってる、裕の根元的な恐怖と羞恥を映した、妄想に近いから」

そしてそれをきっぱりと切り捨てる作業として、書くことを選んだのだろうと仲井は言う。

「先生が怖がりのくせに書評とか平気なのはそのせいですか」

「あいつが怖いのは、ほんとに身近な人間と、それから、たぶん……自分の内側にあるものだけだから。外の世界は相変わらず、認識できてるんだかどうかって感じだろうね」

苦笑する仲井は、さすがに神堂とのつきあいが長いだけあって、彼を明確に見抜いているようだった。

(くそ、まだあのひとに関しちゃ、仲井さんのほうがエキスパートってことか)

反応を読み違えていた自分に香澄が複雑になった。しかしそこはやはり二十年のキャリアだ。張りあってもしかたのないことだろう。

「自分のなかのもの切り捨てるとか、つらく、ないんですかね」

「ないだろうね。それを褒めてもらおうだなんて、思ってないんだ。ただせめて自分のなかにあったものが、すこしでもきれいに見えればって推敲して、形にする。捨てるって言いかたするからよくないのかな、……昇華してるのかもしれない」

だったらいい、と香澄はうなずいた。

「俺はなにひとつ、捨ててほしくないから」

あのふわふわした小説家のなかに、どれだけ濃い闇があるのか、香澄はおそらくいまだにわからないし、これからも理解することはできないだろう。それでもいつか垣間見たとき、彼が彼自身を羞じているように、香澄が神堂を羞じることだけはないと思うのだ。

わかってやれないままかもしれないけれど、それでいいと開き直ってずっと、抱きしめ続けると決めたのだから。

「なんだかなあ、ノロケられたのかな、俺」

「茶化すのやめてください。俺はまじめです」

仲井はおもしろそうに笑いながら、「知ってるよ」と言った。その目に、あまり見たことのないものを見つけた気がして香澄はふっと目をしばたたかせる。だが内心を読ませることをきらう男は、あっさりといつものような口調で話を変えてしまった。

「ところでさ、野々村の話に戻るけど」

「あ、はい」

香澄もおもわず居住まいを正すけれど、彼は依然笑ったまま続けた。

「きみさ、最初のころ裕に、すごくナチュラルに無視された感じ、しなかった？」

「ああ、それは、ありましたね」

まだ神堂が仲井べったりだったころに、香澄がいるのも気づいているのかいないのか、という態度であまったれていた光景は何度か目にした。いまではその位置に自分がおさまっているのだと思うと、逆に不思議な気分にすらなる。

むろん、ポジションが変わった仲井にしても、思うところはあるのだろうけれど。

「あれってね、意地悪だとかじゃなくて、ほんとに認識できてないだけ。それでも兵藤くんは、最初に口きいただけマシって、俺言っただろ」

「そうですね、いまはわかりますけど」

それがどうかしたのかと問えば、仲井はため息をついた。

「野々村と裕、会話がいまだに成立してないって、きみわかってた？」

意外なことを言われ、香澄は「えっ」と声をあげる。仲井はおかしそうににやりとした。

「ああ、やっぱりわかってねえか。つーか、あまりにナチュラルに世話やいてるから忘れてるんだろうけど」

「で、でも打ちあわせとかしてるし――」

「ここんちに仕事の連絡がはいったとき、メールはともかく、電話対応してるの誰？」

あっと香澄は声をあげた。

――だって、会ってもなにも話せないし。

神堂の言ったあれは、話しにくいだとかそういうレベルのことではなかったのだ。

思い返してみると、香澄をまじえての場にいる神堂は、本当に、ひとことも野々村に対して口を開いてさえいない。

（いや、すこしはあった気が……いつだ？　でも、あれって）

――具合が悪くて立てないので、もうすこしだけ、待って……。

パーティーで貧血を起こしたとき、香澄はてっきり野々村に言ったのだと思った。だが神堂はけっして彼女の目を見てはいなかったし、ずっと摑んでいたのは香澄の腕だ。そしてそのとき以外、あれほどそばにいた彼女へと神堂が自主的に話しかけたことは、一度もないことに気づく。

ようやくわかったか、というように、仲井はうなずいた。

「いい？　基本、野々村と電話で話してるのは、きみ。パーティー会場で段取りについて説明受けたとき、了承って答えたのもきみ。んで、社内で連絡してるのは俺。その間、野々村は自分のプランを一方的に話してただけ。お偉いさんがたといっしょにいたときも、似たようなもんで……さて、裕はどこで、彼女に口をきいてる？」

思い返せば、そのとおりだ。

野々村がまくしたてたことについて、それはできる、それはできないと判断するのは神堂だけれども、話しあいの席においては大抵、香澄をとおしての会話ばかりだった。

「あの、まさかと思いますけど……さっきの、気にしないでって、あれが、はじめて!?」

「そおです。でもあれも、どこまでわかって言ったもんだか、わかんないよ」

「え、なんで……」

「だって野々村泣いてでてっちゃっても、困った顔しただけだった。そこんとこ、『他人』にはとことん興味ないんだ」

「そんな言いかたって、ないでしょう」

肩をすくめた仲井に、さすがに香澄は抗議した。

「あの先生が、女のひとが泣きだしたとき、じょうずにフォローいれられるわけないでしょうが。ましてやさっきは体調が悪かったんだ。なにをどうしろって言うんです」

さっきから聞いていれば、仲井の口をとおした神堂は、ずいぶんと冷たい人間のように思える。けれど彼は距離のとりかたがへたなだけで、けっして無関心でいるわけではないのだ。

そこだけは、わかったような顔で言う仲井が許せなかった。

「あのひとは繊細でやさしい。表にださないからって、なにも思わないわけじゃないんだ。そんなの、あなたが知らないでどうするんですか？」

香澄が食ってかかっても、仲井は平然としていた。

「でもさ。表現されてないってことは、ないも同然だろ？」

「そっ……」

またもや反論しかけた香澄を制するように、仲井はきっぱりと言った。

「そこのフォローをするのは、俺の仕事じゃない。むしろ俺は会社の人間として、野々村のフォローをいれなきゃなんない」

「……だったら、さっさと彼女追っかけて、慰めでもなんでもすりゃいいでしょう」

「慰めるまえに、叱らないといけないんだけどねえ」

ははは、と笑いながら仲井は立ちあがる。食えない男に、香澄のいらだちは募った。

「正直言って、俺、先生なんかよりよっぽど、あなたのほうがひとの気持ちがわからないんじゃないかと思いますよ」

自分でもいやになるほど拙《つたな》い皮肉に、仲井はにやりと笑った。

「さっき自分で言ったじゃない。表にださないからって、なにも思わないわけじゃないよ」

あんたがそんなタマかよ、という言葉だけはさすがに呑みこんだ香澄は、部屋をでていく仲井を見送ろうとした。だが彼は途中で立ち止まり、振り返らないままに言う。

「なにも、冷血漢だとか言ってるんじゃないんだよ。初対面に近い英奎吾とは、メル友にまでなってるのに、一年以上担当についた野々村とは用件以下のコミュニケーションだけ。こういう偏りが、あいつのなかにあるのも事実だよ。そしてそれが、裕の個性でもあるし、あいつの思考回路のややこしさの源、でもある」

「……それが、なにか？」

「なんであいつが無茶ぶり仕事、引き受けたのか。らしくもないメル友なんか作ったのか。そこんとこ、兵藤くんは、わかってやれてるのかな」

ちらりと振り向いて、挑発するように仲井は笑った。

「自分はすべてお見通しだ、とでも言うつもりですか」

「だいたいの推論は立ててるねえ。なにしろほら、つきあい長いし？　きみの知らない話も、いーっぱい、あるわけ」

「なんでいちいちそう、思わせぶりで嫌みったらしいんですか？」

あきれた香澄の声に、仲井はめずらしくも顔をしかめた。

「うっせ。ただでさえかわいい弟奪われたあげく、二十年のつきあいで、俺はさっきはじめて裕に無視されたんだ。意地悪くらい、言わせろっての」

「……は？」

「じゃーあね」

あっけにとられている間に、ひらひらと手を振って仲井は出ていった。

そして香澄は、しばしぽかんとしたまま取り残されたのち、肩を震わせてうめいた。

「お……おとなげねえ……！」

＊　＊　＊

足音が聞こえて、ふと目が覚めた。ぼんやりと目をしばたたかせるとそこは、見慣れた自室の天井だ。しばし、状況が摑めずまばたきをくりかえしていた神堂は、じわじわとよみがえってくる記憶と、伴わない現実感の狭間《はざま》に漂っていた。

「あー……」

五感が怠《だる》いのは、おそらく夕方飲まされた鎮静剤の影響だろう。あの手の薬は抜けが悪く、薬効がきれるとおぼしき時間がすぎても、ぼんやりしてしまう。ただ、きりきりと痛かった胃のほうはずいぶん落ちついていて、なんの痛みもない状態だ。

もういちど目をつぶると、さきほどの足音が徐々に近づいてくるのがわかった。いつもよりも荒い足取り。でもこれは、香澄だ。

ふすまがすらりと開いたと同時に、低い声が頭上から落ちてきた。

「野々村さんと仲井さん、帰ったよ」

「……そう」

いまだ完全に眠気が覚めず、うとうとしながら横になっていた神堂は、香澄のむすっとした表情に気づいて、はたと目をまるくした。

「香澄、なにか怒ってるの？」

「べつに」

ふてくされたような声で、彼は乱暴に畳《たたみ》へと座った。所作の荒さが、内心の荒れを物語っている。

「ほんとに怒ってない？」

「ほんとのこと聞きたいの？」

質問に質問で返すなど、あまりに彼らしくもない。大きな身体から漂う怒りのオーラにいまさら気づいて身がまえると、香澄はふーっと長いため息をついた。

「怒ってるよ。ものすっごく、怒ってる」

「え、と……」

寝起きでわけがわからないながら、おずおずと神堂がなにかを言いかけた瞬間、香澄の手ががばしんと畳を殴った。びくっと縮こまった神堂に向け、彼は歯を剝くようにして怒鳴る。

「ていうか、なんで無理なら無理って言わないんだよ！　倒れるまで我慢するとか、あんたばかか！　無茶しすぎだろ！」

「ごめんなさいっ」

反射的に布団の上掛けを引っぱりあげ、神堂はまるくなる。

（こわい、怖い怖い。香澄、怒ってる……っ）

自分でも、心配をかけた自覚はあっただけに、ある程度の覚悟はしていた。だが起き抜け、のっけから怒鳴られるとまでは予想できておらず、反射的に隠れてしまった。

（これじゃ、もっと怒られる……よね）

ぎゅっと目を閉じ、びくびくと怯えてまるまっていた神堂だったが、長い沈黙に目を開く。いくら待てども、長々続くと思われた叱責はふってこない。

「……？」

こわごわ布団から顔をだしてみると、あぐらをかいて座りこんだ香澄が広い肩を落としていた。

「えっと……か、ずみ？」

長い脚に手をかけ、名前を呼んでみる。しばらく反応しなかった香澄は、またも長い沈黙のあとに、どんよりした声で吐き捨てた。

「ばかは俺だ」

「え、どうして……」

「先生が無理してるのわかってたのに、けっきょく止められなくて、倒れるまでやらせるなんて。マネージャー失格だ」

聞いたことがないほど暗い声を発する彼に、神堂はあわてて起きあがった。

「そ、そんなことないよ。何度も、香澄は何度も、無理しないでって言ってくれたし。それでもやるって言ったのぼくだから」

「違う。先生がかげんわからないひとなのは、わかってたんだから、それでもやめろって言うべきだったんだ。もっと強く、やらなきゃいけなかった」

うつむいた香澄は、目をあわせてもくれない。布団から這《は》うようにしてでた神堂は、あぐらをかいた彼の腿《もも》に手をかけ、したから顔を覗《のぞ》きこんだ。

そして、ひゅっと息を呑んだ。

いつもきらきらしている、きれいな彼の目の縁は赤く、涙がたまっていた。

「か、香澄、泣いてるの？　だめだよ、泣いたら」

「まだ泣いてないです」

「でも、でも、だめだよ。なんで？　どうしよう」

おろおろしながら、形のいい頭を両手で抱え、何度も髪を撫でさすった。「ごめんね、ごめんね」と何度も繰り返していると、神堂の腰が痛いくらいの力で抱きしめられる。

「……もうほんと、無理しないで。いやならやだって言ってよ先生」

「うん、ごめんね。ちゃんと言うね」

「俺ばかだから、がんばるって言ってるのじゃましちゃいけないと思って、本気で止めるの我慢しちゃったじゃん」

「ごめんね、心配かけちゃって」

いつも大きくて頼りがいのある香澄が、びっくりするくらい幼く見えた。自分のせいでこ

んなに弱らせてしまって、申し訳なくて胸が痛いのに、どこか嬉しいと思うのは、いけないことだろうか。

金色の髪を何度も梳《す》いて、額と、涙のにじんだ目尻に唇を押しつける。なにも考えられず、落ちこみきった香澄をなぐさめたくて繰りかえしたやさしいキスは、彼からの奪いとるような口づけへとたどりついた。

「ん、あう」

膝のうえに乗せられたまま、いつもとは高さが逆転したキスにどきどきした。したから忍んでくる舌の動きがなまなましく、ぞくりと震えた背中を撫でおろされ、両方の尻を大きな手で鷲摑《わしづか》みにされる。

「はう、ン、んーっ」

乱暴な手つきと舌の動きに、落ちこんでいるのと怒っているのが同時なのだとわかった。それでも、こんな形で叱られるのは当然だ。もっと感情をぶつけられても、逆らわない。ぜんぶ自分が悪いとわかっていたから、神堂は貪《むさぼ》るようなキスで唇が真っ赤に腫《は》れあがるまで、まったく逃げようとはしなかった。

「ふあ……」

長いキスを終えたのは、息苦しさのせいだった。べたべたになった唇を香澄の舌が舐めとり、そのあと抱えこむようにして腕に閉じこめられる。

広い胸のなか、心臓がざわざわとしている、その音を聞かせられて、もういちど「ごめん」とつぶやいた神堂に、香澄は苦い声で問いかけた。

「どうして、あんなむちゃくちゃしたの。先生、取材なんて大きらいなくせに」

ひゅ、と息を呑んだ神堂は、彼の服を摑んだ指に力をこめた。


小刻みに震える指に気づいて、香澄は顔をしかめる。胸に顔を埋《うず》めたままの神堂を軽く揺すって息をつくと、彼の長い髪がひと房、ふわりと揺れた。

「いいかげん、理由聞かせてもくれていいよね？」

もう譲るつもりはないと、声でわかったのだろう。おずおずと見あげてくる神堂の眉はさがり、目はうっすらと潤んでいた。それでも強情に口を結んでいるから、香澄はとにかく水を向けようと、思いついたはしから仮説を投げかける。

「もしかして俺がやめろやめろって止めたから、ムキになった？」

ふるふる、と神堂はかぶりを振る。

「野々村さんとか仲井さんに気を遣った？」

また、ふるふるだ。

「じゃあ、……英奎吾に会って、なんか刺激受けちゃった？」

ぴくりと神堂が動かなくなった。やっぱりか、と香澄はため息をつく。

「やたらがんばるって言い張ったの、だいたいあいつと会ってるときだったもんね……」

口調に苦さが混じるのはしかたがなかった。そもそもから神堂はめずらしくも、あの俳優になついていたようだし、容姿もよく演技の才能もあり、性格もよく料理もうまいという、ある意味パーフェクトな男なのは香澄も認めざるを得ない。

（いや、まあ、惚れたとまでは思わないけど）

小説の話なども気が合うようだし、なにかを生みだす者と演じてかたちにする者が出会えば、なんらかの化学反応くらいは起こっても当然だろう。

（俺じゃ、そういう刺激はあげられないし）

しかたない、適材適所だ。そう思ってどうにか、煮えたぎっている感情を鎮《しず》めようと思った香澄の耳に、とんでもない言葉が飛びこんできた。

「だって、ぼくがきちんとしないと……英さんが香澄を好きになっちゃうから」

意味がわからず、「は？」と目をしばたたかせた香澄の腕のなかで、神堂はもごもごとなおも言った。

「……あのひと、ぼくと同じだから」

「同じ？　なにが？」

あの長身端麗、スーパー器用なマルチ俳優と、小柄でぶきっちょな不可思議小説家のいったいどこがだ、と香澄は混乱する。だが、小動物が隙間を求めるように香澄の懐《ふところ》にもぐりこんでいた神堂は、赤らんだ目で恨みがましく見あげてきた。

「同じものが好きなんだ。本も、ゲームも、映画も」

「え、いや、だから好み似てて、メル友になったって」

「ごはんも……ひとも、だよ」

たっぷりと長い時間、その言葉を香澄は咀嚼《そしゃく》した。そしてたどりついた結論に、ぎょっとなった。

「は⁉　俺⁉　違うっしょ、俺じゃないっしょ！」

「違わないよ。言ったじゃないか。ほんとに好きなもの、そっくりなんだよ。そしたらいちばん好きなものが同じなのは、当然じゃないか」

香澄はあまりにも予想外のことを言われてくらくらしていた。

「いや、先生。そういう三段論法はちょっと変でしょ」

いくらなんでも趣味が似ているのと個人的な――しかも色恋絡みの話まで同列にはできないだろう。諭そうとした香澄に「それだけじゃないってば！」と、彼にしてはめずらしいくらい神堂は強い口調で言った。

「ほんとはあのひと、メールでも、会ったときでも、いっつも香澄の話ばっかりしてた。直接会ったときって、必ず香澄に話しかけてた」

「そ、そうだっけ」

「そうだよ！　だからやだったんだよ。だからぼく、英さんの相手はぼくがしなきゃって思ったんだ。……途中まで気づかなくて、香澄もいっしょにいたり、しちゃったけど」

けれど何度か三人で顔をあわせるうち、好意的に接してくる奎吾の視線がいつも香澄に向かうことに気づいたと言う神堂に、香澄はすこしばかり変な感動を覚えた。

「先生、そういうの気づけるようになったんだ……」

「まじめに言ってるんだから、話逸《そ》らさないで！」

むくれて赤くなる神堂を腕に抱き、香澄はなかば散漫に考えた。

（えええええ、まじで……？）

言われてみれば、妙に挑発的なことを言ってくるわりに、神堂に気があるようなそぶりは見せなかったこと。香澄が近づいただけで、ときどき赤くなっていることもあった。

——将を射んと欲すればまず馬を射よ。

あのとき言われた言葉の、どちらが馬で、将だったのか。まったく逆の視点で考えろと言われても、香澄にはいまひとつピンとこない。

妙に思わせぶりな感じはあったけれど、本気で引っかきまわそうとしているような感じではなかった。それがゆえに、じりじりした気分を味わいはしても、さほどの悪感情を持てなかったのではないか、といまは思える。

だが、本題はそこではないだろうと、ぐずる神堂の顔に手を添えた。

「でもさ、それが本当だとしてさ。なんで先生が無理することにつながるわけ？」

本気で疑問だったのに、神堂は大きな目にみるみるうちに涙をためた。

「か、香澄は、なんでわかんないの……っ」

「えっ泣くの⁉」

恨みがましい声で言われ、香澄はおたついた。自分でも情けないと思うけれども、神堂に泣かれると弱い。夜の時間に焦《じ》らして泣かせるのはいいけれど、こういう哀《かな》しそうな顔をされるのには、大変に弱い。

どの程度かと言われたら、どれほど理屈が破綻していようが、『神堂理論』をぶちかまされようが、まったく身に覚えがなかろうが、土下座して抱っこして泣かないでと言いたくなるくらいには、それはもう弱かった。

「ええと、ね？　俺は、先生しか好きじゃないよ」

「そんなの言い訳だもん！」

とりあえず膝に載せたままあやしてみたのだが、支離滅裂に神堂は泣きだす。

「いや言い訳とかじゃなくて、単に事実で」

「ぼく、すっごいがんばったのに、なのに、香澄、わかってない！」

「いや頑張ったのは認めるけど」

「サラダこぼしたのだってわざとじゃないもん！」

だんだん言っていることが関係なくなってきて、香澄は無言でちいさな身体を抱え、背中をたたいてあやすことに専念した。

（あああ、ひさびさに子ども返りしちゃったなあ）

ここしばらく対外的な――年相応、とまではいかないが、それなりに外面を繕《つくろ》えるようになった神堂を見てきただけに、この幼い言動はすこし、ひさしぶりに感じた。

おそらくは、無理の反動がきてもいるのだろう。外にでることすら怖くてたまらないと言っていた時期から、まだたった二年。家のなかから、この狭い街の一角まで、ようやくテリトリーを拡《ひろ》げたばかりの神堂にとって、短期間のうちに毎度毎度違うひとびとに会い、何百人単位で集うパーティー会場に短期間で何度もでかけたことは、考えるまでもなく、とんでもないプレッシャーとストレスの素だったはずだ。

営業モードが続きすぎて、香澄を相手にしてすらもゆるみきることができず、けっこう気を張っていたのだろう。

だから無理するなと言ったのに、などと責めても詮無《せんな》いことで――けれどその様子に、どこかでほっとしている香澄がいる。

（よかった。変わってない）

パーティー会場で、取材の場で、凜《りん》とした顔を作り、イメージを壊さないための言葉を選んで話す『神堂風威』もかっこよくてきれいだったけれど、香澄の恋人は、かしこさと日常の言動がまったく嚙みあわない、不思議なイキモノの彼だからだ。

本気で信じた相手にしか見せない、幼すぎるくらいの素顔。かわいい神堂が――裕が、ちゃんと帰ってきた気がして、あまい安堵《あんど》を嚙みしめてしまう。

「せーんせ。裕さん。ゆーたか」

ほとんど赤ん坊をあやすかのように名前を呼びかけてやると、せっかくのきれいな顔が台無しなくらいにくちゃくちゃになった顔で、神堂が「……なに」とふてくされていた。

嚙みしめすぎて赤くなった唇に不意打ちで口づけると、一瞬びっくりしたように目をまるくして、また眉をきゅっと寄せて目をつぶった。

「みんなみんな、香澄のこと好きになる。ぼくは香澄だけなのに」

「みんなって、誰？」

買いかぶりすぎだと笑おうとしたのに、神堂はおおまじめな顔で名前をあげつらねた。

「西本《にしもと》さん。あと川島《かわしま》さん。麻衣さんとかタカシさんとかトラさん、と、あと大井《おおい》さんと」

「……それご近所のおばちゃんと、サーフィン仲間でしょ。あと大井さんは魚屋のおっちゃんじゃん……」

「たかちゃんだってそうだよ。それに、それに、は、英さん……」

またじんわりきた神堂を大あわてで抱きしめなおし「はいはい、それはいいからっ」と香澄は手のかかる小説家の身体をゆすった。泣きぐずった神堂は肩に顔を載せ、あまったれるようにぐりぐりと額をこすりつけながらつぶやく。

「誰にも邪魔されたくないから、ぼくのにしとくために、がんばってるのに」

「え……」

どきりと、香澄の胸が高鳴る。相変わらずのしっちゃかめっちゃかな論理展開ではあるけれど、ようやくなにかがつながった気がした。ぐすんと洟《はな》をすすった神堂は、もそもそと動いて身体を起こし、香澄の膝から降りると畳のうえに正座する。

「あのね、香澄」

「は、はい」

なんとなく香澄も正座して向き直ると、「契約のことなんだけど」と突然話の方向が変わった。

「へ、契約？」

「うん。ぼく、映画が成功したら、たぶん部数また増えるから、そしたら香澄のお給料、もうすこしあげられると思うんだ。だから――」

唐突に現実的な話をはじめた神堂に「まってまって」と香澄は手のひらを見せて止めた。

「先生の印税が増えるのは、そりゃいいことだよ。でもそれがなんで、俺の昇給って話につながるわけ？　約束した仕事の範疇《はんちゅう》でしか、やってないじゃん」

「でも――」

「いや俺、いまでもかなりいい給料もらってるし。時間も相当融通きかせてもらってるわけだし、なんも不満ないから」

「で、でも税金対策で、外部委託の費用増やしたほうがいいからって」

妙に必死な口調に、ますます香澄はうさんくさく思った。

「……待って。いま税理士さんとの折衝やってんのも、ぜんぶ俺だよね？」

ぎくりとしたように、神堂は目を伏せてうつむいた。

「収入が増えるって話も、俺はいま聞いた。なのに、いつ誰に、税金対策とか言われたの」

おおよその答えはわかっていたが、あえて問いかける。神堂はもじもじと畳の目をいじりながら、小声で言った。

「たかちゃん……」

「なんで仲井さんがそこにいまさら口だすんだよ。俺にぜんぶ任せるってぶん投げたのに」

かつては神堂の身のまわりの世話を、あの食えない男が担《にな》っていた。だが、編集長に就任する準備のために香澄を雇い入れ、いっさいがっさいの事務手続きまでを引き継いだのだ。

「ていうか、いつの間に仲井さんとそんな話する暇あった？」

「……メールで。英さんのこととか、気づいたあとにちょっとだけ相談して」

それがあったか、と香澄はうめいた。

仕事用のEメールに関しては返信漏《も》れがあってはいけないので香澄もチェックはするが、プライベートの、それもスマートフォンに届くものについてはいっさいタッチしていない。

――きみの知らない話も、いーっぱい、あるわけ。

（あの、クッソオヤジ！）

おそらくあの時点で、仲井はすべてわかっていたに違いない。そのうえで香澄を挑発し、嫌みを言い置いて帰っていったのだ。

「だからまえから言ってるけど、俺のことは俺に相談しなさいってば！」

「恋愛相談、本人にするものじゃあないって、本に書いてあったもん」

相変わらずずれっぱなしの神堂がかわいいやら、やきもきさせられて憎らしいやらで、香澄は脱力するしかない。

そして神堂は、これでも本気で、おおまじめだった。

「今回だけじゃなくて、まえからずっと、いろいろ話はしてたんだ。それで、なにか不安なら、契約でがちがちに縛ってしまえって……で、そうするにはやっぱり、お仕事がんばらないとって、思って」

「それは、まえにも聞いたけどさ」

――これで俺も安泰だ！　裕もちゃんと兵藤くんに給料払わないといけないんだから、もうちょっと仕事増やそうか！

マネージャー就任が決定したのち、笑ってそう言ってのけた仲井の言葉にあきれていたが、神堂がここまで本気で受けとめるというのは予想外だった。

（いや、俺の予想とか、意味ないか。先生だし）

苦手な取材仕事を増やしたのもなにもかも、すべて香澄をそばに置いておくため。その気持ちが嬉しい反面、結局は仲井にしてやられたことに気づき、香澄は内心歯嚙みした。

「だったら契約書、むこう五十年くらいの長さで作って、違反したら違約金一億とかにしていいよ。そしたら一生、俺は、あんたのもんになるだろ」

「そんな、非人道的な契約書、法的に通用しないよ」

常識は吹っ飛んでいるクセに、いらんところだけ専門知識を発揮する神堂に「契約する俺がいいっつってんだから、いいの」と、いまいち伝わらないことに頭をかかえる。

「何度も言うけどね、俺はあんたが好きなんだってば。ほかの相手は興味ないし。本当だったら契約書なんか、いらないんだよ。ただ、ここにいてって言ってくれれば」

畳の目をいじっていた手を取りあげ、両手ともに摑んで告げる。だがまだぐずり足りないらしい神堂は、もそもそと言った。

「でも、こわいもん……」

「こわいって、なにが？」

感情面では思春期真っ盛りの神堂に言葉で言っても無駄だと、いささかうんざりしかけていた香澄は、すこしばかり忘れていた。

あちこちが偏っていて、なんだか全般にへたくそな作家は、それでも香澄の心臓を射貫《いぬ》くことだけ、見事なくらいにやってのけるのだ。

「香澄とられたら、ぼくほんとに、死んじゃう……」

そんな台詞を、きれいな顔で、涙ぐんで、ぺったりと抱きつきながら言われてしまえば、非常に正直な身体のほうが、反応してしまいそうになる。

「……っ、だ、から、とられるとか、そんな、ないって」

「なんで？　ぼくがこんなに好きなのに、ほかのひとだって同じくらい、きみのこと好きになるのに。それが英さんみたいな、すっごいひとだったら、勝ち目ないのに」

想像したら哀しくなってしまったらしく、神堂はぼろぼろと涙をこぼしはじめた。

(なんだもうこれ、くそかわいい！)

やわらかくあたたかい身体を抱き返しながら、香澄は奥歯を食いしばった。

「香澄がいなくなっちゃったらって考えただけで、息ができなくなる」

「……せんせ」

「それくらいなら、お仕事がんばっておなか痛くなったって、ぜんぜん平気だから。ねえ、がんばるから、いっしょに、ぼく……」

これ以上はこちらの身が保《も》たず、香澄は恋人を布団に押し倒しながら、唇で唇を塞《ふさ》いだ。

「んーっ！」

抗議するような声があがったけれど、舌で口腔《こうこう》の弱いところを舐めてやると、んふぅ、とあまい音に変わっていく。

ついでとばかりに脚を開かせ、腰を挟みこませてやると、無意識にきゅんと細いお尻があがり、股間を香澄にこすりつけてきた。

しばらく互いの唇を堪能したあと、キスをほどいた香澄は静かにささやく。

「先生のなかの、そういう怖さだけは、助けてあげられないんだよ？」

「……わかってる」

予想どころか妄想に近い、観念的な「もしも」にたいしての恐怖。それこそが神堂の作風を支える源であり、彼を彼たらしめている個性でもあるけれど、どうかそれにつぶされないでほしいと思うこともある。

「俺のこと信じるの、むずかしい？」

ふるふる、とかぶりを振る、キスを繰りかえした赤い唇を指でたわめる。軽くつついただけで、素直に開いた口のなかに挿入すると、覚えた舌づかいで舐めはじめた。

（……エロ）

じたばたしたせいで着物の裾は乱れている。なめらかな腿に手のひらを這わせると、ぴくんとなって膝が閉じようとした。

「ああ、おなか痛いひとには、エッチなことできないな」

「えっ……」

わざとまじめな顔で告げ、しゃぶっていた指を引き抜くと、神堂は心底驚いたように目をまるくする。

「も、もう痛くない」

「お薬効いてるだけでしょ？」

「ほんとに平気、疲れただけだって言われた」

「じゃあ寝てなきゃ」

「もういっぱい寝たもん！」

必死になってしがみつく神堂がかわいいやら、あきれるやらだ。

（気持ちいいことに弱いんだから、もう）

一見はいやらしいことなど興味ありません、といった風情の神堂だけれど、じつのところそちらの方面については、奔放《ほんぽう》といってもいいくらいに素直だ。好きなひととする気持ちいいことは、なにも悪いことじゃない、と教えこんだ香澄の教育の成果であるけれど、どこまでもストレートに求める貪欲さに、ときどきたじろぎそうになることもある。

けれど大半は、かわいくてきれいな恋人が「もっと、もっと」と求めてくるのが嬉しくてたまらない。むろんこういうときに身体でごまかすのは卑怯とは思うけれど。

「か、香澄……ねえ……」

「じゃあもう無理しない？　ちょっとでもきつかったら、俺に言う？」

「うん、言う、言うから、……っ」

こちらもさんざん煽《あお》られて、重たくなった腰をわざと押しつけると「ひあ……」と神堂がちいさくあえぎ、目を潤ませた。

自分で忙しくしすぎて、恋人同士のスキンシップをしばらく忘れていたらしい神堂を、もうすこし焦らしていじめたい。ぐりぐりと腰をまわすようにして押しつけていると、細い腕が背中を摑み、片足が香澄の膝裏へと絡まってくる。

「やきもち焼いて、お仕事がんばるのはいいけど、俺のことほっといたら本末転倒じゃない？」

「あ、ああ、やっ……それやっ……」

乱れきった着物の中心を股間でこすってやると、きゃしゃな身体がびくびくしはじめた。あまい吐息がひっきりなしにこぼれてはちいさな唇を湿らせ、キスを求めて突きだされた舌を軽く嚙んですぐ離す。

不満の声があがるよりはやく、長い髪をかきあげて耳を嚙むと、ひゃん、と首をすくめて小刻みに痙攣した。震える腿の間に手をすべらせ、香澄はにんまりと笑う。

「せんせ、なんかもうここ、ぬるってするね？」

「やー……」

真っ赤になって両手で顔を覆う。下着のなかが湿っているのは、先走りが多いせいだ。ぬるついた布地を先端に押しつけるようにしていじると、両肩に手を突っぱねた神堂がきつく目をつぶる。

「あっあっ、あっ」

「このまんまいじってたら、いきそうだね」

「い、いや」

ぷるぷると髪が頬にあたるほどかぶりを振って、神堂は香澄の股間へと手を伸ばしてくる。そして、ゆっくり手ほどきして覚えさせた手つきでそれを揉みしだきながら、言った。

「か、香澄と、してから、いく……」

香澄は思わずごくりと喉を鳴らし、「俺と、なにするの」と耳に直接ささやいた。神堂は悶《もだ》えるように身をよじる。

「あ、ああ、ああ」

「ねえほら、せんせ、なにするの？　ね？」

はずみで崩れたあわせから覗《のぞ》く乳首を噛んでやると、あまくうめいたあとに、稚拙で、卑《ひ》猥《わい》で、それだけに香澄をそそる言葉を、香澄の耳にだけ届くよう、ささやいた。

恥ずかしがりのくせに大胆な恋人を抱きしめ、香澄はその首筋を噛んだ。

「わかった、いっぱいね。奥まで、いれてあげる」

「ん、ひ……っ」

下着越しに奥まった場所をぐりっと押しただけで、神堂は唇を噛んでのけぞり、目をしばたたかせた。まえから滴《したた》った体液がすでに尻のあわいまでを濡《ぬ》らし、指のすべりがよくなっている。

「せんせってほんと、女の子みたいに濡れるよね」

「いやっ、や……っ」

「なんで？　いいじゃん。すごくエロくて、俺、好きだよ」

なにか言い返されるまえに唇へと吸いつき、さきほど噛んだ乳首を指でこねまわした。そうしながら、逸《はや》る気持ちにあらがえず、常備している必需品を、机のしたにある小抽斗《こひきだし》の二重底からとりだした。

和風のしつらえで統一されている部屋のなか、こうしたものをしまう場所に最初は苦労した。ほとんどは香澄の寝室でする行為だけれど、たまにこの部屋で盛りあがったとき、あるべきものがなくて中断したことがいくたびかあったのだ。

そして結局、文房具類をしまうアンティークの小抽斗が二重底になっていることに気づいて、ここを隠し場所にさせてもらった。

（しかし、こんなとこにエログッズあるとか、取材陣は思わなかったよなあ）

思わずくくっと笑ってしまった香澄に、乱れた着物をまといつかせた神堂が「なあに？」と問いかけてくる。すでに夢心地の恋人の頬に「なんでもない」と口づけて、濡れた場所をもっと濡らすべく脚を開かせた。

「……っああ、あああああ！」

あまいあまい声を耳にしながら、とにかく舐めて、しゃぶって、身体中噛み散らかした。あっという間にぐずぐずになった身体は念入りに指でほどいて、細い腰を前後させながら欲しがるまで焦らしたけれど、おかげで香澄も追いつめられ。

「はやく、香澄、はやく……っ」

「ちょっ、待って、シャツだけ脱ぐ、脱ぐから……うわっ」

しがみつき、あまつさえ脚の間のアレを撫でさすってのおねだりに負けそうになる。どうにか下肢の衣服をくつろげたところで、焦れきった神堂は逆に香澄へとのしかかってきた。

「え、ちょ、せんせ」

「もういい、香澄いじわるい……」

まさかと思っていると、腰のうえにまたがってきた神堂が、濡れた部分を香澄のペニスへあてがってくる。けれど自分で挿入したことなどなく、もどかしげに腰を揺らしてすすりないた。

「なんで、は、はいらな……っあああ！」

両手で腰を摑み、一気に押しこんだ瞬間、神堂の身体がはじけた。達したのにもかまわず香澄が責めたてても、朦朧とした彼は抗議の言葉すら口にせず、ただただあまくあえぐ。

「ふぁっ、あっ、あ……っ」

身体のうえで上下する神堂の腰には、かろうじて帯が絡まっている状態だ。ぐちゃぐちゃになった寝間着が腕や脚にまとわりつく。薄桃色に染まった肌と、灰緑の着物のコントラストがうつくしくも淫靡《いんび》だ。

「せんせ、もうギブ？」

「うあっ」

やわらかい尻を摑み、肉を引っぱるようにしながら揺すってやると、神堂の内部がきゅうんと締まった。軽い痛みすら刺激になるらしいことはもう知っていて、指を埋めこむようにしながら強引に腰を前後させると「あぁあああ！」と叫んで腿を痙攣させる。

「ああっ、香澄、かずみ、好きっすきっ、これすきっ」

「気持ちいい？」

「いい、すき……もっと、あ、あっ」

はしたないくらいに腿を開いていることも、自分で自分の乳首をつねっていることすら、たぶんいまの神堂にはわかっていないだろう。むろんすべて、香澄が「して？」とねだる形で覚えこませ、快楽で頭が吹っ飛んだ神堂のクセに仕立てあげたものだ。

「あっもっと、もっとぐちゃぐちゃにして、もっとっ」

小刻みに突いてやると、すすり泣きながら細い腰を上下させ、きゅんきゅんと締めつけながらしがみついてくる。

素直で淫靡なねだり声もまた、口伝えで覚えさせたものだ。おねだりしないといれてあげない、突いてあげない、といじめたおした教育の成果は、とことん香澄ごのみのあまいあえぎにあらわれている。

「ほんと俺も、たいがい……」

「え、な、なに？」

「ううん。裕、もっといっちゃって」

腰を両手で摑んで、したから激しく突きあげた。狭くてきついそこは、香澄がどれだけ荒っぽく抱いても応えるだけの柔軟性を持っている。そして何度も繰りかえした行為のおかげで、挿入によって与えられる神堂の快楽は、深まっているらしい。

「あ！　だめ！　もうだめ、だめっ！」

がくがくと揺らされながら胸をそらし、全身を震わせて彼は達した。べとべとに濡れた股間からは、もう少量の体液しかでない。

「いくときはあんまり出ないよね。前戯でいっぱい濡れちゃうせい？」

「や……」

わかっていてからかうと、神堂は赤く潤んだ目で睨んできた。そして意地悪な言葉へのお返しのように、きゅんっとうしろを締めつけてくる。

「ちょ、……っやばいって、せんせ」

「しっ……知ってる、くせに。ぼく、こうなっちゃうの、香澄の……かずみ、が」

ゆるゆると卑猥に腰をまわす動きも、最初のころにくらべて、なめらかになった。ときどきは香澄のほうが負けそうになるくらいの腰使いで、涙目の神堂はつぶやく。

「香澄が、ぼくのここ、女の子に、したのに……」

「……」

ぐんと跳ねあがったのは、心臓と直結した器官と、同時のことだった。不規則に痙攣する腿をもじつかせる恋人のあまい粘膜は、濡れて、溶けて、絡みついてくる。

脈と同じリズムで収縮し、とろりとまとわりつき、握りしめるように締めあげてきた。いままで経験したなかでも、こんなに気持ちのいいセックスは知らない。そう思えるほどの身体を自覚もしていない持ち主は、香澄をたまらなくさせる表情と声であえぎながら、もどかしげに腰を揺すった。

「もう、こんな、……こんななっちゃうの、香澄のせい、なのに」

濡れたまなざし、濡れた声。そして濡れたあの場所と言葉が、香澄のなかのなにかをぷつんと切らせてしまった。

「っ、ひ⁉」

倍になったかと思うくらいに膨れあがった香澄が、神堂の奥――これ以上ないと思っていた奥へと突き刺さる。「あ、ごめん」とうつろな声で謝罪したのはただの反射でしかなく、腰はただ、まえへまえへと進もうとする。

(だめだ、もっとはいる……もっと)

「え、なに……っあああ！」

強引に体勢を入れ替えた香澄は、腿を摑んで開かせ、片方の脚を肩に、もう片方を折り曲げたまま横に倒した。あまり柔軟とはいえない神堂の身体で、股関節を痛めないように脚を開かせるには、このねじった体位がいちばんましだということは経験から学んだ。

神堂も、痛みはないようだった。ただし驚いたせいか、とんでもない奥まで含まされた香澄のペニスに怯えているのか、さきほどよりも内襞《うちひだ》が硬くなっている。

(ああ、でも、これこのままむちゃくちゃにこすったら……)

締まってきつくて、すごく気持ちがいいはずだ。ごくりと喉を鳴らし、いますぐにも蹂《じゅう》躙《りん》するほど犯したいと思っている自分を香澄は律した。そんなことをしたら、神堂はきっと痛いばかりだ。

「ご、ごめんって、な……っ、う、動け、ないっ」

「うん、ごめんね、俺、なるべくやさしく動くからね」

「や、さしくって、だってこれ、あ、あ、……ふぁああん！」

だしいれをするのではなく、つながったまま腰を揺すってやると神堂は目をまわし、発情期の猫のようなあまい声をあげた。

「ああ、これ気持ちいいんだ、せんせ」

「やぁあ、そこやっ、そこばっか、あっ、あ！」

先端にあたる感覚が、すこしほかの部分と違う。重点的にあたるよう角度を変え、撫でまわすかのように腰をまるく動かすと、「あぁぁあ！」と叫んだ神堂が上半身を痙攣させた。ちいさな口の端から唾液《だえき》がこぼれて、髪が乱れる。おかしくなる、おかしくなる、とシーツを摑んで泣きじゃくるから、かわいくていじめたくて、同じ場所に違う刺激を与え続けた。浅く小刻みに突いてこすったり、わざとずらして焦らしたあげく、限界まで抜き取ったそれを一気に押しこんで、長いそれの側面いっぱいを使う、連続した刺激を与えたり。

よじれた腰に手を添え、神堂の腰を軽く反るような角度に調整したあとに突きまくると、もう意味をなさない言葉を叫んでのたうちまわった。

「いい？　せんせ、いい？」

「ひっ……いっ……いぃいー……」

全身を真っ赤にしたまま、力なく何度もうなずいている。だらりと開いた腿の内側、腱がくっきり浮かびあがるそのくぼみを、挿入したまま指でなぞった。ひゅっと息を呑んだ神堂

が目を瞠ったまま全身をがくがく震わせ、仰《の》け反《ぞ》る。

「ああ、……うしろでイった？」

「んっ……ふっ……」

わかりきっていることを訊ねても、答える気力すらないのだろう。息を切らした神堂の身体を捕まえ、つながったまままころんとひっくり返す。背中がシーツにふれるだけでもびくっと息を呑んだ細い身体を捕まえ、腰を鷲摑みにしたまま、激しく突いた。

「あーっ、あっあっあっ、やっぁ！」

「やじゃないでしょ、いいでしょ」

眇《すが》めた目で見おろしながら、貪るようにそこをえぐった。遠慮もなにもない力でたたきつけ、かきまわし、引っかけてこすりあげ、引きずりだす。できる限りの動きであまくやわらかく濡れた粘膜を味わい、神堂にもまた味わわせた。

「やだ、もうやぁあ、いっちゃった、いっちゃったのにっ」

「だいじょうぶだいじょぶ、お尻でいくと、いっぱいできるから」

泣いていても手をゆるめないのは、口ではもういやだと泣くくせに、とろけきった身体が香澄を求めているからだ。粘膜は弱く強く絶妙に絡みつき、抜こうとする瞬間にはきつく嚙むように締めてくる。ほっそりした脚は香澄の腰を挟みこみ、足首を交差させた状態でかかとに力をこめて、言葉ではなく「もっといれて」とせがんでいる。

深々と挿したまま、左右に腰を振るとまぶたが痙攣した。尻をたたくようにして激しく突けば、唇を嚙んで指をもがかせ、浅く深くまわしながら突くと、あまったるくいやらしい声で何度も名前を呼ぶ。

「かずみっ……香澄ぃ、かずみぃいっ」

「ん、いいよ。もっと奥?」

ほっそりした身体を押しつぶすように上体を倒し、シーツと自分の身体で完全に囲いこむ形にして、深く貫く。ゆっくりと引き、抜けるぎりぎりまできたところで、また強くたたきつける。繰りかえしながら徐々に速度を速めると、これが大好きな神堂が背中に爪を立ててくる。「ああ、ああ」と言いながら、うつろにぼやけた目から涙をこぼし、絡みあった粘膜はまたもやいく手前の痙攣をはじめた。

「ひっ……や、こわっ……怖いっ……」

あまりに立て続けの絶頂で、本気で泣きだす顔はくちゃくちゃだ。でも香澄にとってなにより愛らしい。汗と涙に濡れた頬を舐め、しゃぶってと言うように突きだされた舌に舌でいたずらしていると、細く高い喉声をあげた神堂の身体が、びくん! と反り返った。

「あっ……あっ……」

「またいった?」

もううなずいたのかどうかすらわからない動作で、髪が揺れた。つややかなそれは湿って束になり、神堂の頬に貼りついている。払いのけると、ひくひくと喉を鳴らした彼がかすれた声で訴えた。

「し……んじゃ、う、……こわ、い」

「ん、すっごいドキドキしてる」

そっと左胸をさすった。尖《とが》った乳首を手のひらに感じる。赤く火照った耳たぶをかじり、なだめているのか、敏感なそれを転がしていじめているのかわからないような愛撫を続けていると、みだらにあまい粘膜が香澄のペニスを吸うようにうごめきだす。

「怖い、香澄、こわい……」

「でもドキドキして怖いのも、気持ちいいんだよね」

「ちがっあ……ほんとに、こわっ……」

鼻先をかじりながら告げると「ひん」と神堂がすすり泣いた。

「俺とする怖いのは、気持ちいいでしょ?」

「いい、けどっ……いいけど、よすぎて、怖い……っ」

ことごとく、手加減してほしいのならば逆効果なことばかりを口走る恋人に、香澄は奥歯を噛みしめて射精をこらえる羽目になった。

しゃくりあげて泣いているくせに、手を払いのけようとも、逃げようともしない。しがみついて、どうにかして、と訴えてくる神堂を抱きしめ、「どうする?」とささやいた。

「ほんとに怖いのいや？　やめる？」

「やだっ……」

軽く腰を引いただけで、細い腕の力が強まった。締めつけもまた痛いほどになり、粘膜全体で舐めるような動きに変わる。

（うお、やば……）

なかば意識が飛んだとき特有の、すさまじいうねりに腰が震えた。うっかりすると吸いだされてしまいそうなこれにあらがう瞬間、香澄は気力を総動員しなければならなくなる。

動きを止め、インターバルを置こうと背中を撫でてなだめるうちに、すこしだけ呼吸を整えた神堂が頰をこすりつけてきた。

「ぼく、へ、変で、怖い……香澄が」

「……俺が？」

「いやになっちゃうのが、いちばん怖い。……でも、こ、これが」

「ちょ、うわ……こ、こらっ」

突然、きゅうっとしめつけられ、香澄は思わずうめいた。どうやら意図的にやったらしいことに驚き軽く睨むと、神堂は火照った指で香澄の唇にふれてくる。たどたどしいくせに、やけになまめかしくも感じる仕種に、息を吞んだ。

「これが、ここにあると、ぼく、だめで」

「だめって、なに」

これが、ここにあるってどういうこと？　意地悪く吐息だけでささやくと、腕のなかの身体がかっと熱くなる。言えない、というように目をつぶってかぶりを振るから、噛みしめた唇を舌でこじあけ、とろとろになった内側を舐めつくしながら弱い耳を両手でいじった。

「んん、んふっ」

小指を耳殻に引っかけ、溝をなぞるようにくすぐりながら奥へ進むと、唇と身体の深部と、いずれもがあまく痙攣しはじめる。

いれられる、という行為に弱い神堂は、窪《くぼ》んだ部位のすべてが性感帯と言っても過言ではない。指が舌に代わり、濡れた音を鼓膜に響かせると長い息をついて、ふあう、と子犬が鳴くようなかわいい声をだす。つながったままの場所は、相変わらず絶妙に香澄を刺激し、腰を振らないでいるのが精一杯だ。

「ね、さっきの質問。まだ答えてない」

「え、あ……え？　な、に？」

朦朧とした顔にキスの雨を浴びせながら、もういちどさきほどの淫《みだ》らな問いかけをした。

「これが、ここにあるってどういうこと？」

「ん……か、香澄の、かずみの、がね……っ」

あつくて、おおきくて、かたくて、気持ちいい。たどたどしく途切れる声を要約すれば、そんなような言葉だった。ここに、吐息と声色と、体温とにおいがあわさって——ついでに言えばひとさまに聞かせられないような言葉なんかも、口伝えで復唱させたりもした。

言わされた神堂は息も絶え絶えで、「香澄のエッチ」と泣きじゃくり、ひくひくと震える身体が自分と恋人をいじめていることも気づかない。

「もうほんと、先生、エロい……」

言葉責めをするつもりなどなく、思わず漏れたつぶやきに、恋人はまた泣きそうな顔をした。急いで、大好きだよと伝えると、ほっとしたように息をつく。

「変でもいい？」

「もっと変になって。なんでも言っていいし、どうなってもいい。エロいのは俺もいっしょだから、いっしょに、しよう？」

指を絡めて額に口づけると、神堂は一瞬目をつぶり、そのあとおずおずと顎を引いて、上目遣いになった。

「せんせ、もっと怖いのしていい？」

「ん、んっ」

こくこくうなずく神堂の腿を撫でさすり、脚を開かせる。くたりとなった内腿の感触を手のひらで味わいながら、ゆるんだ唇に舌をもぐりこませた。

これからこんなふうにする、と教えこむキスに、神堂の喉声があがる。嬉しげでとろけたそれを噛んで舐め尽くしたあと、香澄はふたたび細い脚を片方肩に担ぎあげた。

「いちばん好きなトコ、いっぱいするね」

「ふあっ、あああああ！」

手のひらで左胸を押さえつけ、よじれた角度で責めたてる。もう神堂は声もろくに出ないまま、泣きながら痙攣を繰りかえしていた。それでも、押しこむたびにきゅうっと吸いつく内襞と、細く漏れ続ける悦《よろこ》びの声、なにより香澄の手首を掴んで離そうとしない神堂の指が、歓喜を伝えてくる。

「あー……やば、俺も、だめ」

ぶるっと震えた香澄の声を聞きつけて、神堂がこくんと息を呑む。

「だめ？　い、いい？」

「すっごいよくて、だめ……いかせて？　いっていい？」

こくこくとうなずいた神堂の唇を塞いで、香澄はラストスパートを駆けあがる。

四肢を絡みつけ、舌もあわせて、頬をすりよせ、奥の奥の奥で、つながって。胸をこすりあわせると、尖った乳首が肌を押す。たぶん自分のも同じような刺激を与えているのだと感じて、よけいに興奮する。

全身でしがみついてくる指が、肌に食いこんで痛い。それすらも気持ちがいい。耳のそばですすり泣く声もなにもかもが、たまらないほどの快楽だ。

「ああもう、せんせ、裕っ、……もう、すげ、あいしてるっ」

さらに奥へと放つ瞬間口走ったのが、本心だとわかってくれていればいい。

＊　＊　＊

映画の撮影に神堂が立ち会ったのは、それから二週間後のことだった。なかなかスケジュールが嚙みあわず、すでに撮影はなかばを越えていたが、この日の撮りは夜半から、鎌倉の御霊神社《ごりょうじんじゃ》でロケがあるため、近場ならばと顔をだしたのだ。

「先生、兵藤さん！　ちょっとおひさしぶりですね」

ちょうど休憩時間だったらしく、相変わらずさわやかな奎吾に歓待されたけれど、その顔を見て神堂は「ひっ」と顔を青ざめた。

「ひ、って、ひどいなあ。原作どおりじゃないですか」

「……いやまあ、そうなんでしょうけど」

笑う奎吾の片方の目は真っ赤、頰の肉はねじりあげたように引きつれた傷痕。主人公が、夜の境内で身体が崩れていくという悪夢にうなされるシーンのためのリアルな特殊メイクとカラーコンタクトだとわかっているが、正直、香澄ですら心臓に悪いビジュアルだった。

「ちょ、と、ごめ、んなさい……」

よろよろした神堂は、煌々《こうこう》とライトが焚かれる撮影のためのテントへと逃げていってしまった。そちらには——最近やっと香澄と揉めることもすくなくなった野々村がいて、真っ青な顔をした神堂を椅子に座らせ、あれこれ心配そうに世話をやいている。

「兵藤さん、いかなくていいんですか？」

「あそこのふたりも、すこしコミュニケーションとらせないとなんで」

「あれ、余裕ですね。まえは『俺以外、見るなさわるな』って感じだったのに」

「……しょうがないでしょ。俺はあっちが狙われてると思ってたんだから」

ふふっと笑う奎吾には、神堂が胃痙攣で倒れた翌日に電話で話をさせてもらっている。

——勘違いなら悪いけど、あんまり思わせぶりなことは、やめてくれますか。

なにも下心がないのなら、神堂を含めて友人づきあいするのはやぶさかではない。けれど、もしも自分たちの間に波風を立てるつもりなら疎遠にするしかないと告げたところ、『そうきたかあ』と彼は笑い、じゃまだてしないことを了解してくれた。

——そうきたかあ、って、そんなんで俺らの間引っかきまわしたんですか？

——引っかきまわせるほどのこと、ぼく、してませんよ？　どちらかというと、これからかなと思ってたのに、結局はなにもできなかったというか。

神堂をネタに香澄にアプローチしようと考えていたが、野々村が暴走したおかげで奎吾のほうもスケジュールがかなり狂わされ、そのまま映画の撮影がスタートしてしまった、と残念そうに言っていた。

あっさりと終わった、告白もないままの淡すぎてあやふやな横恋慕について、香澄はいまだになんとなく、納得できていない。そしてそれから顔をあわせたのは、この日がやっとということで、微妙な騒動に関しての現実感がないままだ。

「蒸し返すのも自意識過剰であれですけど、あれって本気だったんですか？」

「んーまあ、あわよくば？　兵藤さんが好みだったのは本当の話ですよ」

こうなればついでだと問いかけてみたら、これもさらっと肯定される。思わず顔をしかめた香澄に、「どうかしましたか」と奎吾が問いかけてきた。

「……そのメイクのときに聞くことじゃなかったなあと」

「はは。それこそ夢にでそうですよね、これ。残念だな、勝負顔のときに言えば、すこしは見こみがあったかもなのに」

「あ、いや、それはないいんで」

きっぱりと手のひらを見せて、ノーサンキューとかぶりを振る。メイクのおかげで笑うのもままならないらしい奎吾が、喉奥で声を転がした。

「もしかしたら、ぼく、おふたりまとめて恋したのかなあと、いまは思ってます」

「……まとめて？」

「はじめてパーティーでお会いしたでしょう。ご挨拶する直前に、おふたりのこと見てたんですよ。ひと目で、つきあってるんだなってわかりました。兵藤さんの目は、先生だけ見ていて、それがとてもやさしかった。先生も信頼しきってて、かわいかったな。だから、近づきたくなっちゃったんですよね」

とんだ迷惑だったと思いますけど。つぶやいた奎吾に、香澄は苦笑した。

「自分でも自覚してるんですけどね。誰かを好きなひとのこと、いつも好きになっちゃって。でもぼくが好きなひとは、本当にちゃんと一途だから、ぜったいにぼくのことを好きにならないんです」

悪い癖ですが、と苦笑する奎吾に、香澄はなんとなく言った。

「それって相手を本気で好きなんじゃ、ないんでしょう」

「そうかも。まあ、あんまり気にしないでください。役者の恋なんて、自分でもどこまで本気か、わからなくなるもんですから」

奎吾がふっと神堂のいるほうを振り返ったせいで、メイクのない、端整な横顔だけが香澄の目に映った。そしてその顔は、ひどく寂しげにも見えた。

「芝居で疑似恋愛ばっかりしてると、本物って、まぶしいんです。だからあなたたちみたいな本物に、憧れる。羨ましくて、ぼくのになったらいいのになって、そう思うんだけど」

でもやっぱり無理だったと、いっそ楽しげに奎吾は言った。

(なんだかなあ。やっぱり、憎めないんだよな)

ふたりまとめて――という彼の独白が、香澄にとってはいちばん納得のいくもののように思えた。あのわかりづらく微妙すぎるアプローチは、結局のところ割りこむ気などまるでなかったということなのでは、ないだろうか。

「自分だけの恋愛、探してくださいよ。英さんならできるでしょう」

「……そうかな？」

「うちの先生が、あんな素敵なひとじゃ勝てるわけないって泣くくらいですから」

あはは、と奎吾は笑った。相変わらず顔だけは不気味だが、声は軽やかで、含みはない。

「ともかく、変なちょっかいさえかけないなら、遊びにくるのは歓迎です」

「いいんですか？」

「先生もなんだかんだ、楽しみにしてるみたいですしね。初メル友」

「じゃ、これからも遠慮なく。またレシピ教えてください」

器用すぎて不器用らしい好青年俳優に「了解」と告げ、香澄は穏やかにその場を離れた。

神堂が待つテントに向かうと、パイプ椅子に座ってコーヒーをすすっていた彼は、すこし拗《す》ねた顔で「おかえり」と言う。

「今度遊びにきてくださいって、言っておきました」

こくりとうなずいた神堂が、あのメイクを怖がったのも事実だけれど、おそらくふたりで話をさせたかったのではないかと思った。

（ほんと、うちの先生も成長する）

「……なあに？」

「なんでも。ああほら、撮影はじまるみたいですよ」

必要なぶんだけに光量を絞られ、カメラがまわりだす。暗くなったことが怖いのか、神堂は香澄の手をぎゅっと握った。

神社に直面した線路を、江ノ電が走り抜ける。それにあわせて、奎吾が境内へと走り込み、なにかに怯えるようにして周囲を見まわした。風に怯え、闇に、音に怯える男は不気味な風貌で、しかしその表情や仕種は、もともとの端整さをにじませ、哀切な印象が漂っている。

そこにいるのは奎吾ではなく、物語の主人公そのものだった。

「……こわいけど、きれいだ」

神堂のなかにいる異形《いぎょう》は、ああいうかたちをしているのかもしれない。香澄がつぶやくと、握りしめてきた神堂の手がすこし、強くなる。

ありがとう、と聞こえた気がしたけれど、ふたたび走り抜けた電車の音にまぎれた彼の声は、闇のなかにふわりと溶けていった。

あとがき

大変におひさしぶりなシリーズ続刊となります。

前作『きみと手をつないで』――こちらはルチル文庫さんから五年前に刊行されたものですが、じつは過去作の大幅加筆・改稿の文庫化でした。元のノベルズはいつ刊行であったかといえば、なんと二〇〇二年。デビュー後十六冊目の本で、ほぼ十年まえのものとなります。一度判型を変え、リニューアルしているとはいえ、これだけ長い時間をおいての正式な続編は自分でも予想外のものでした。

そしてこの十年という時間は、香澄と神堂というキャラクターとわたし自身が再会し、膝つきあわせて話しあうにあたり、やはりなかなかの壁となりました。

何度か過去作をリニューアルしたり、しなかったりで文庫化させていただいておりますが、そのたび思うのは『その瞬間のわたしにしか、その物語は書けなかった』ということです。もろもろ拙い面も含め、そのときそのときの自分が見た世界が反映されている。このギャップをいかに埋めるか。どう彼らと向きあうのか。十年の自身の変化と折りあいはつくのか。たくさんのことを考えました。

そしてひとつ、お詫びがございます。これが考えに埋没した理由のひとつでもありますが。

この本の刊行日をご覧になればわかるとおり、本来のルチル文庫の刊行日とはずれた日程での刊行となってしまっております。それも当初の予定から二度、ずれこみました。

私的なことを書くのは恐縮ですが、お待たせした皆様に無言でいるのも却って申し訳ないかと思い、簡単に書かせていただきます。

わたしは昨年秋に伯父を、そして新年あけてまもなく伯母を、四カ月という間しかない状態で続けざまに亡くしました。また昨年末にもろもろのトラブルがあったうえ体調を崩し、一度目の延期が決定。その後、本来ならば最終稿を進行すべき日程での葬儀が決定したことで、担当さんに再度の延期のお願いを申し出ました。

どんな状況であれ予定を完遂するのが仕事であることは重々承知しておりますし、これについては自分自身、本当に情けなく思っております。また各方面に多大なるご迷惑をおかけしたこと、本当に申し訳ございません。

時間的なことをさておいても、本音を言ってしまえば、立て続けの葬儀という現実に追いまわされるなか、ふわりふわりとした神堂たちの話を書くのはかなり苦しかったです。

けれども作中に苦さが混じっては、このシリーズではない。あかるく、かわいく、読者さんに「癒し系」と言われる話でなければだめだ。それだけは、最後まで思って書きました。うまくできたか、正直、ちょっとわかりませんが、しあわせに、しあわせにと、それだけ願ってすこしずつ、書き進めました。

できることならば、あかるく楽しいあとがきで締められるとよかったのですが、長文となるとどうしても感傷的な部分がでてきてしまいます。すみません。

しかし亡くなった伯母たちは、わたしの師でもあり、創作とはなんぞやということについて、大きな影響を与えてくれたひとでした。壁であり目標でもあったひとがいなくなって、茫然とするまま綴ったのが、この本だったのは事実なのでした。

さて今回、ご多忙の最中いつにも増してご迷惑をおかけしたイラストの緒田先生、五年ぶりの神堂と香澄をかわいらしく愛らしくビジュアル化していただき、ありがとうございます。作業中など、ラフを眺めてがんばりました。本当にふたりとも素敵でした。

またチェック担当の橘さんにRさん、誤字チェックのほか、散漫な頭のわたしに「ここもうちょいこう」と突っこんでくれて本当にありがとう。助かりました。それと修羅場中&葬儀の留守中、犬番&メシスタントしてくれた冬乃さん、まじで空ともども大感謝。

担当様。二度の延期にギリギリの進行で、多大なるご迷惑をおかけしたと思いますが、一度としてプレッシャーをかけることなくお待ちくださったこと、本当に感謝です。どうにか、なんとか、できあがりました。今後もどうぞよろしくお願いいたします。

そしてなにより、読者様。ツイッターなどで事情説明とともに延期の件についてふれたとき、たくさんのあたたかいお言葉をいただいたこと、大変感謝しております。むろんそれにあまんじてはなりませんし、今後の反省としていかねばならないと、強く感じております。

よろしければ、また次回作などでお会いできれば、幸いです。ありがとうございました。

✦初出　きみの目をみつめて……………書き下ろし

崎谷はるひ先生、緒田涼歌先生へのお便り、本作品に関するご意見、ご感想などは
〒151-0051 東京都渋谷区千駄ヶ谷 4-9-7
幻冬舎コミックス　ルチル文庫「きみの目をみつめて」係まで。

幻冬舎ルチル文庫
きみの目をみつめて

2012年2月20日　　第1刷発行

| | |
|---|---|
| ✦著者 | 崎谷はるひ　さきや はるひ |
| ✦発行人 | 伊藤嘉彦 |
| ✦発行元 | 株式会社 幻冬舎コミックス<br>〒151-0051 東京都渋谷区千駄ヶ谷 4-9-7<br>電話 03(5411)6432[編集] |
| ✦発売元 | 株式会社 幻冬舎<br>〒151-0051 東京都渋谷区千駄ヶ谷 4-9-7<br>電話 03(5411)6222[営業]<br>振替 00120-8-767643 |
| ✦印刷・製本所 | 中央精版印刷株式会社 |

✦検印廃止


ISBN978-4-344-82416-4　C0193　Printed in Japan